VIVER DEPRESSA

BRIGITTE GIRAUD
VIVER DEPRESSA

TRADUÇÃO
MARIA DE FÁTIMA CARMO

Copyright © Brigitte Giraud, Editions Flammarion, Paris, 2022
Copyright © Editora Planeta do Brasil, 2024
Copyright da tradução © Maria de Fátima Carmo, 2024

Título original: *Vivre vite*
Todos os direitos reservados.

Preparação: Mateus Duque Erthal e Mariana Silvestre
Revisão: Maitê Zickuhr e Caroline Silva
Diagramação: Kalany Ballardin
Capa original: Projeto gráfico de Compañía
Adaptação de capa: Fabio Oliveira
Imagem de capa: Katarzyna Lukaszewska / Arcangel

Dados Internacionais de Catalogação na Publicação (CIP)
Angélica Ilacqua CRB-8/7057

Giraud, Brigitte
   Viver depressa / Brigitte Giraud ; tradução de Maria de Fátima Carmo. - São Paulo : Planeta do Brasil, 2024.
   160 p.

   ISBN 978-85-422-2604-1
   Título original: Vivre vite

   1. Ficção francesa I. Título II. Carmo, Maria de Fátima

24-0140   CDD 843

Índice para catálogo sistemático:
1. Ficção francesa

Ao escolher este livro, você está apoiando o manejo responsável das florestas do mundo

2024
Todos os direitos desta edição reservados à
EDITORA PLANETA DO BRASIL LTDA.
Rua Bela Cintra, 986 – 4º andar
01415-002 – Consolação
São Paulo-SP
www.planetadelivros.com.br
faleconosco@editoraplaneta.com.br

Sumário

21 SE EU NÃO TIVESSE QUERIDO VENDER O APARTAMENTO
27 SE O MEU AVÔ NÃO TIVESSE SE SUICIDADO
33 SE EU NÃO TIVESSE TEIMADO EM VISITAR ESSA CASA
45 SE NÃO TIVÉSSEMOS PEDIDO AS CHAVES ANTES
49 SE EU NÃO TIVESSE TELEFONADO PARA MINHA MÃE
53 SE O MEU IRMÃO NÃO TIVESSE TIDO, DE REPENTE, UMA SEMANA DE FÉRIAS
55 SE EU TIVESSE ACEITADO QUE O NOSSO FILHO VIAJASSE DE FÉRIAS COM O MEU IRMÃO
57 SE O MEU IRMÃO NÃO TIVESSE TIDO O PROBLEMA COM A GARAGEM
59 SE EU NÃO TIVESSE MUDADO A DATA DA REUNIÃO COM O MEU EDITOR EM PARIS
63 SE EU TIVESSE TELEFONADO A CLAUDE NA NOITE DE VINTE E UM DE JUNHO, COMO DEVERIA TER FEITO, EM VEZ DE OUVIR HÉLÈNE FALAR DA SUA NOVA HISTÓRIA DE AMOR
67 SE EU TIVESSE TIDO UM CELULAR
71 SE A HORA DAS MAMÃES NÃO TIVESSE SIDO TAMBÉM A HORA DOS PAPAIS

75 SE O MEU IRMÃO NÃO TIVESSE GUARDADO A MOTO NA GARAGEM DA CASA NOVA
79 POR QUE É QUE TADAO BABA, O ENGENHEIRO JAPONÊS QUE REVOLUCIONOU A HISTÓRIA DA EMPRESA HONDA, ENTRA DE FORMA VIOLENTA NA MINHA VIDA
83 POR QUE É QUE A HONDA CBR 900 FIREBLADE, ORGULHO DA INDÚSTRIA JAPONESA, QUE CLAUDE CONDUZIA NAQUELE DIA VINTE E DOIS DE JUNHO DE 1999, ERA EXPORTADA PARA A EUROPA E NÃO PERMITIDA NO JAPÃO
91 SE EU NÃO TIVESSE FEITO O FAVOR AO MEU IRMÃO
95 SE CLAUDE NÃO TIVESSE LEVADO A MOTO DO MEU IRMÃO
103 SE STEPHEN KING TIVESSE MORRIDO NO SÁBADO DEZENOVE DE JUNHO DE 1999
109 SE AQUELA MANHÃ DE TERÇA-FEIRA TIVESSE SIDO CHUVOSA
115 SE CLAUDE TIVESSE OUVIDO *DON'T PANIC* DO COLDPLAY, E NÃO *DIRGE* DO DEATH IN VEGAS, ANTES DE SAIR DO TRABALHO
123 SE CLAUDE NÃO TIVESSE ESQUECIDO SEUS TREZENTOS FRANCOS NO CAIXA DO BANCO DA SOCIÉTÉ GÉNÉRALE
127 SE O SEMÁFORO NÃO TIVESSE FICADO VERMELHO
143 SE DENIS R. NÃO TIVESSE DECIDIDO IR DEVOLVER O 2CV AO PAI
149 O ECLIPSE

Para Théo

*Escrever é ser conduzido àquele lugar
que se desejaria evitar.*
Patrick Autréaux

Depois de ter resistido durante vários meses, depois de ter ignorado, dia após dia, a insistência dos corretores que me assediavam para abrir mão da minha propriedade, acabei por baixar a guarda.

Assinei hoje a escritura de venda da minha casa.

Quando digo "casa", quero dizer a casa que comprei com Claude há vinte anos, e na qual ele nunca morou.

Por causa do acidente. Por causa daquele fatídico dia de junho em que ele acelerou por uma avenida da cidade, numa moto que não era a dele. Talvez inspirado por Lou Reed, que tinha escrito: *Viver depressa, morrer jovem* coisas assim estavam escritas no livro que Claude estava lendo na época, o livro que encontrei sobre o piso de madeira ao lado da cama. E que comecei a folhear na noite seguinte. *Bancar o mau. Dar cabo de tudo.*

Vendi a minha alma, talvez a dele.

O corretor já comprou vários lotes, entre os quais o do vizinho, onde planeja construir um edifício que tomará parte do jardim, que mergulhará sobre a minha privacidade do alto dos seus quatro andares, e também encobrirá o sol. Acabou o silêncio e a luz. A natureza que me rodeia se transformará em concreto, e a paisagem desaparecerá. Do outro lado, está previsto que a rua se torne uma estrada, e que esta invada a minha casa para facilitar o acesso ao bairro agora residencial. O canto dos pássaros será abafado pelo ruído dos motores. Os tratores virão arrasar o que ainda restava vivo.

Em 1999, ano em que Claude e eu fizemos a compra e quando os francos se convertiam em euros e o menor cálculo nos obrigava a uma regra de três infantilizadora, o plano de ocupação dos solos (ou POS) indicava que estávamos em *zona verde*, ou seja, que o setor não era urbanizável. O proprietário da casa vizinha informou-nos que era proibido cortar uma árvore, sob pena de ter de substituí-la. Cada centímetro de natureza era sagrado. Foi por isso que o local nos seduziu: ali poderíamos viver escondidos, na orla da cidade. Havia uma cerejeira em frente às janelas, um bordo que um vendaval arrancou pelas raízes no ano em que regressei da Argélia e um cedro-do-atlas, árvore cuja resina, conforme soube recentemente, era usada para embalsamar as múmias.

Foram plantadas outras árvores por mim, outras nasceram sozinhas, como a figueira que se fez convidada contra o muro ao fundo – cada uma conta uma história. Mas Claude não viu nada disso. Só teve tempo de visitar o local soltando assobios de entusiasmo, de constatar a dimensão das obras necessárias e de definir o local onde poderia guardar a sua moto. Teve tempo de reparar nas áreas, de se imaginar no espaço esboçando alguns gestos no ar, de fazer a assinatura no cartório, de ironizar no balcão do banco Crédit Mutuel no momento de dividir a percentagem do seguro do empréstimo entre nós dois. A propriedade tinha grande potencial, como se diz no jargão imobiliário. Aquilo da renovação tinha um efeito animador. Poderíamos ouvir música alto sem incomodar o vizinho que contava árvores e cujo vasto terreno se estendia para lá de uma sebe natural. Poderíamos guardar as malas por tempo indeterminado e fazer planos loucos à vontade.

Fiz a mudança sozinha com o nosso filho, em meio a uma sucessão cronológica brutal. Assinatura do ato de venda. Acidente. Mudança. Funeral.

A aceleração mais louca da minha existência. A sensação de uma montanha-russa, cabelos ao vento, com o carrinho a se soltar.

Escrevo desse cenário longínquo aonde cheguei, e de onde vejo o mundo como um filme um pouco desfocado, cujas filmagens ocorreram muito tempo sem mim.

A casa tinha se tornado testemunha da minha vida sem Claude. Uma carcaça que precisei aprender a habitar. E na qual derrubei tabiques com grandes golpes de marreta à altura da minha cólera. Era uma casa um pouco grande, com o seu terreno por desbravar que esperávamos transformar em jardim. Em vez de renovar, tive a impressão de derrubar, de devastar, de declarar guerra ao que resistia, o gesso, a pedra, a madeira, materiais que eu podia torturar sem que me mandassem para a prisão. Era a minha vingança insignificante face ao destino, dar pontapés na chapa de uma porta de vaivém, golpes de cisalha numa tela de juta imunda e partir as vidraças lançando gritos.

Ao mesmo tempo que procurava preservar um casulo no caos, para que o nosso filho dormisse protegido. Uma pequena toca de cores vivas, com edredons e almofadas de penas, desenhos pendurados, apesar de tudo, sobre a cama, e tapetes fofos, uma muralha contra o medo e os fantasmas da noite.

Com o passar dos anos, acabei por aceitar aquela casa que tinha tomado por completo. Depois de ter habitado o local como uma sonâmbula, depois de ter confundido manhã e noite, deixei de esbarrar nas paredes e comecei a pintá-las. Deixei de massacrar os tabiques e os tetos falsos, de considerar cada metro quadrado como uma potência inimiga. Acalmei a minha fúria e aceitei o fato como uma pessoa respeitável. Tinha de regressar ao mundo dos vivos. A quem dizia que eu era viúva, apontaria o lança-chamas. Abatida pelo desgosto, sim; viúva, não.

Ainda faltava tratar das ervas daninhas que invadiam o jardim. Durante meses, arranquei tudo o que me vinha à mão, em gestos repetitivos e inquietantes. Aprendi o nome do escalracho, da urtiga e da beldroega, que eu fazia arder em braseiros clandestinos ao cair da noite (não podíamos fazer fogueiras por causa das partículas finas). Eu me livrei de plantas invasoras como a ambrósia, a hera que trepava na sombra e, à força de perseguir os indesejáveis, limpei o terreno ao mesmo tempo que expulsava as sombras do meu espírito.

Pouco a pouco, comecei a habitar a propriedade *burguesmente*, como determinava uma das cláusulas do seguro que tinha contratado para nos proteger em caso de incêndio, de danos por água ou de arrombamento (uma desgraça nunca impediu outra, segundo a famosa lei de Murphy que eu não tinha esquecido). Eu me tornei menos colérica e consegui desenhar os planos para os dois andares, tal como nós, Claude e eu, havíamos sonhado. Sabia exatamente o que lhe teria agradado, os materiais que tinha imaginado, consultava as páginas cujos cantos tínhamos dobrado no catálogo da loja de decoração Lapeyre. Acabei por recuperar o ânimo e depois encontrei os artesãos que viriam assentar uma laje, substituir uma trave ou ladrilhar um pavimento em mau estado. Que viriam refazer o banheiro ou instalar o aquecimento central. Talvez um dia eu voltasse a ter vontade de tomar um banho.

Cheguei a sentir prazer na escolha de uma cor, em harmonizar a pintura com a madeira de uma porta. Cheguei a achar belo o modo como a luz rasante entrava na cozinha pouco antes da hora do jantar.

Mas não compreendia a quem se dirigia aquela luz. Preferia os dias de chuva, que pelo menos não tentavam me distrair da minha tristeza. Tinha decidido que a casa seria aquilo que me ligaria a Claude. Aquilo que enquadraria esta vida nova que eu e o nosso filho não tínhamos escolhido. Pensava ainda *nosso filho*, mas teria de aprender a dizer *meu filho*. Assim como teria de aprender a dizer *eu* no lugar desse *nós* que me sustentava. Esse *eu* que me arranca a pele, que fala desta solidão que eu não quis, desta distorção da realidade.

Conservei a ideia de criar o pequeno estúdio de gravações que Claude desejava havia muito tempo. Uma sala com isolamento acústico, na qual ele pretendia se afastar de todos para trabalhar. E onde guardaria os instrumentos que ele possuía: um baixo, uma guitarra e o sintetizador que acabara de adquirir (um Sequential Circuit Six-Trak, desculpem mencioná-lo, mas isso tem a sua importância), no qual teclava de fones de ouvido.

Eu avançava devagar, seriam precisos quase vinte anos para terminar todos os cômodos, todas as superfícies, e não tinha substituído as janelas senão no ano anterior. Tinha acabado de pintar as persianas. Se tivesse me dado conta antes, não teria feito todo aquele trabalho para uma imobiliária acabar derrubando tudo. Nunca mandei limpar a fachada, que manteve sempre o seu ar um pouco sujo. Era muito caro. Nunca mandei instalar o terraço de madeira, como tínhamos planejado. E tinha razão em adiar.

O que me interessava era outra coisa. Não me atormentava senão algo que mantinha em segredo para não assustar aqueles que me rodeavam. Não falava dessa coisa, ou, melhor, já não falava dela, porque, passados dois ou três anos, teria parecido suspeito que eu me obstinasse a querer entender como o acidente tinha ocorrido. Um acidente cuja causa nunca foi explicada, o que faz o meu cérebro dar voltas.

Foi preciso todo este tempo para saber se a palavra destino, que ouvia pronunciar aqui e ali, tinha um sentido. No momento em que sou obrigada a deixar a propriedade, para que seja construída uma estrada no lugar da casa, tenho de explorar uma última via, que me permitirá encerrar o caso. É o cúmulo que passe uma estrada por cima, depois de Claude ter morrido também numa estrada. Uma estrada nessa altura das coisas, quando o planeta definha por causa de todas essas estradas que aceleram o consumo de gás carbônico. Claude teria gargalhado desta ironia do destino. O livro do crítico norte-americano de *rock* Lester Bangs, que ele estava lendo, com aquela expressão de Lou Reed – inicialmente atribuída a James Dean – que me chamara a atenção no chão junto da cama, tem por título *Psychotic Reactions and Carburetor Dung*.[1] Uma história de carburadores, não há como escapar.

Revisito uma última vez a questão, enquanto acontece a derradeira volta à casa antes de fechar definitivamente a porta. Porque a casa está no cerne do que provocou o acidente.

---

[1] Título vertido na tradução francesa como *Psychotic Reactions & Carburateur Flingué*, que em português seria, em tradução livre, *Reações Psicóticas & Carburador Assassinado*. Adiante, isto será relevante. (N.T.)

Se eu não tivesse querido vender o apartamento.
Se eu não tivesse teimado em visitar esta casa.
Se o meu avô não tivesse cometido suicídio quando precisávamos de dinheiro.
Se não nos tivessem dado antes as chaves da casa.
Se a minha mãe não tivesse ligado para o meu irmão e falado a ele que tínhamos uma garagem.
Se o meu irmão não tivesse guardado a moto durante a sua semana de férias.
Se eu tivesse aceitado que o nosso filho viajasse de férias com o meu irmão.
Se eu não tivesse mudado a data da reunião com o meu editor em Paris.
Se eu tivesse telefonado para Claude na noite do dia vinte e um de junho, como devia ter feito, em vez de ficar ouvindo Hélène me contar a sua nova história de amor.
Se eu tivesse tido um celular.
Se a hora das mamães não tivesse sido também a hora dos papais.
Se Stephen King tivesse morrido no terrível acidente que sofreu três dias antes do acidente de Claude.
Se tivesse chovido.
Se Claude tivesse ouvido *Don't Panic* do Coldplay, e não *Dirge* de Death in Vegas, antes de sair do trabalho.

Se Claude não tivesse esquecido seus trezentos francos no caixa eletrônico.

Se Denis R. não tivesse decidido devolver o 2CV ao pai.

Se os dias que precederam o acidente não estivessem envoltos numa cadeia de acontecimentos, cada um mais inesperado que o anterior, e todos eles inexplicáveis.

E, sobretudo, por que é que Tadao Baba, o engenheiro japonês cheio de zelo que revolucionou a história da Honda, entra de forma violenta na minha vida, quando, afinal, vive a dez mil quilômetros.

Por que é que a Honda CBR 900 Fireblade (Lâmina de fogo), orgulho da indústria japonesa, na qual seguia Claude naquele dia vinte e dois de junho de 1999, estava reservada à exportação para a Europa e era proibida no Japão, por ser considerada demasiado perigosa.

Regresso à litania dos "se" que me atormentou durante todos estes anos. E que fez da minha vida uma realidade no condicional.

Quando não acontece nenhuma catástrofe, avançamos sem olhar para trás, fixamos a linha do horizonte lá adiante. Quando acontece uma tragédia, voltamos, revisitamos o local, procedemos pela via da reconstituição. Queremos compreender a origem de cada gesto, de cada decisão. Rebobinamos cem vezes. Nos tornamos especialistas em *causa e efeito*. Perseguimos, dissecamos, fazemos uma autópsia. Queremos saber tudo sobre a natureza humana, os motivos mais íntimos e coletivos que fazem com que aconteça o que acontece. Sociólogo, policial ou escritor, já não sabemos, deliramos, queremos compreender como nos tornamos um número nas estatísticas, uma vírgula no panorama geral. Quando, no fim das contas, nos julgávamos únicos e imortais.

SE

1. Se eu não tivesse querido vender o apartamento

Desde que nos conhecemos num subúrbio de Lyon, chamado Rillieux-la-Pape, não muito famoso porque ali foram queimados consideravelmente menos carros do que em Vaulx-en-Velin desde os anos 1980, Claude e eu fizemos de tudo para deixarmos aquela vizinhança e nos mudarmos para o centro de Lyon.

Gostei daquele período em que partia em busca de anúncios para descobrir apartamentos que correspondessem às nossas fantasias. Sonhávamos com bairros efervescentes, repletos de cafés, cinemas e lojas de que sentíamos falta na nossa ZUP.[2] Queríamos o oposto da cidade-dormitório onde tínhamos crescido, aqueles edifícios de renda aluguel acessível multiplicados às dezenas e feitos de concreto armado e em linhas retas.

---

[2] ZUP – zona de urbanização prioritária: procedimento administrativo usado na França no pós--guerra para responder à enorme procura por habitação. As ZUPs permitiram a criação de bairros novos, essencialmente dirigidos a classes populares, mas é reconhecida a sua falta de dinamismo, sendo utilizados sobretudo como "dormitórios". (N.T.)

Encontrei sem dificuldade um lugar para alugar (estávamos no início dos anos 1980) e nos mudamos para um grande apartamento antigo, cujo aluguel ridiculamente baixo nos atraíra (quatrocentos francos por mês, ainda tenho os recibos), além de duas colunas de gesso muito *kitsch*, que davam à sala ares de falso palácio, e um soalho de carvalho que enganava bem. Estava mais do que na hora de acabar com o linóleo que tinha sido o pão nosso de cada dia e o aquecimento no chão que fizera inchar as pernas das nossas mães. Ficamos tão perplexos por nossa oferta ter sido considerada que nem reparamos na ausência de radiadores, nas janelas tão pouco vedadas e na fachada do edifício da frente, a menos de cinco metros, que tapava a luz e abrigava um motel.

Fomos os primeiros do nosso grupo de *zupianos* a migrar para o centro da cidade e a encontrar um tesouro: um apartamento suficientemente espaçoso para receber os amigos e constituir uma base perto da estação de metrô Hôtel-de-Ville. Em outras palavras, um espaço ideal para noitadas, para shows improvisados ou para alojar quem tivesse necessidade.

Mas a sorte acabou depressa.

Fomos rapidamente expulsos devido à gentrificação, palavra que não conhecíamos na altura dos nossos vinte anos, mas que determinou o nosso percurso. O corretor que comprara o edifício para rentabilizar as áreas habitáveis propôs nos realojar, como a lei exige, mas em Vénissieux, outro subúrbio bem conhecido pelas suas noites agitadas e pelas suas torres de quinze andares que a política urbana em breve condenaria à implosão. Não estava nos nossos planos um regresso ao subúrbio, para onde pareciam querer nos reenviar à força, e tivemos de lutar para permanecer no centro da cidade.

Depois de termos sido de novo despejados, por um senhorio pouco escrupuloso, de um apartamento alugado nas docas, soubemos do suicídio do meu avô, sem que houvesse ligação entre os fatos, como a minha formulação poderia dar a entender. O ponto em comum, se diminuirmos o *zoom*, é o meu avô materno – perfeito exemplo do êxodo rural que o fez chegar à área metropolitana lionesa nos anos 1950 – ter se mudado com a família para uma casinha nas margens do Rhône, na comuna de Saint-Fons, no local para onde o grupo farmacêutico Rhône-Poulenc, na época em plena atividade (depois disso comprado pelo Sanofi Aventis), planejava expandir as suas instalações. Alguns anos mais tarde, os meus avós tiveram de ceder lugar aos tratores e acabaram junto das torres de Vénissieux, para onde mandavam aqueles que estavam longe das suas origens: auvérnios, argelinos, marroquinos e portugueses, e que não ousavam se queixar por respirar o ar saturado do sulfeto de hidrogênio expelido pela vizinha refinaria de Feyzin. Depois da morte da minha avó, que contraiu precocemente leucemia e já não sabia onde estender a roupa por causa do cheiro de ovo podre que impregnava os tecidos, e após outras peripécias que seria demasiado arriscado contar, o meu avô se lançou nas águas do Rhône. Encontraram o seu corpo e os seus documentos de identificação na barragem de Pierre-Bénite, em pleno vale da petroquímica.

Foi por causa deste determinismo e do dinheiro que recebi da minha mãe na partilha da herança que Claude e eu nos tornamos proprietários? Foi para não nos arriscarmos a sermos postos na rua uma vez mais? Talvez tivéssemos desejado moderar as nossas pretensões e sem dúvida acalmar outra coisa, uma espécie de inquietação de que não tínhamos sequer consciência e que, para Claude, tinha raízes no exílio, pois aos quatro anos ele fora colocado num barco vindo da Argélia, país que não voltaria a ver.

Certamente, tornar-se proprietário não é apenas o símbolo ideológico que se pensa.

Compramos um apartamento no bairro da Croix-Rousse da família Boubeker que o deixava porque estava à espera de mais um filho. Ficamos ali dez anos e levamos quase o mesmo tempo para reformar. O que era o destino das pessoas da nossa geração, os trintões que compravam e depois remodelavam *canuts*, ou seja, espaços que tinham, no século XIX, abrigado fiações de seda e cujo generoso pé-direito permitira a instalação de teares e o alojamento de negociantes. O bairro tinha mudado desde a época dos *canuts*, mas conservava ainda o seu quinhão de operários e imigrantes. Éramos muitos, os que queríamos reformar os apartamentos, decapando, pintando, instalando cozinhas americanas e arrancando os ripados dos tetos falsos que os proprietários de meados do século XX tinham instalado para ocultar o vigamento à francesa, tão pouco em voga na altura dos Trinta Gloriosos.

O espírito mudara, a palavra de ordem agora era autenticidade e o *nec plus ultra* dos anos 1980 consistia, pelo contrário, em tornar visíveis vigas e pedras. Foi o que nos esforçamos para fazer, Claude e eu, sob pena de passarmos nisso os nossos fins de semana, numa euforia ligeira, copiosamente dopados pelo *Xyladecor* que usávamos para tratar as superfícies de madeira. Empoleirados no pequeno andaime que alugamos na Kiloutou, e ouvindo Nirvana nos nossos macacões. Experimentávamos a alegria de termos uma casa nossa pela primeira vez. Naquele tempo acreditávamos na beleza, persuadidos de que íamos transformar o apartamento num templo do bom gosto. Estávamos apaixonados e não tínhamos obstáculos à nossa frente.

O nosso filho nasceu, levando a nossa energia à incandescência. Ele dormia no único quarto, que tínhamos forrado com papel de parede novo, e nós dormíamos no mezanino, um pouco como os *canuts* do século XIX. Era habitual entre os residentes do bairro, que consideravam muito romântico subir a escadinha, mesmo para mijar às três horas da matina. Acreditávamos possuir o monopólio da arte de viver. Éramos pessoas *cool* e seguras de nós. Posso afirmar aqui que era a vida perfeita. Durou dez anos.

Não sei o que me deu para querer alterar alguma coisa nesse equilíbrio.
Porque a vontade de mudar partiu de mim. A vontade de não ficar como estava, de recomeçar tudo. De subir um nível no nosso ar *cool*. Visar a perfeição, já que aqui estamos.
Invocava aquela escada portátil, que diabo, que era preciso carregar no meio da noite, a falta de privacidade e o quarto que faltaria caso tivéssemos o segundo filho que desejávamos.
Foi nesse ínterim que comecei a escrever, nesse tempo de latência e dúvida, no qual faltava, acreditava eu, uma dimensão à existência.

2. Se o meu avô não tivesse se suicidado

Não há ordem, cronológica ou metodológica, na cadeia de acontecimentos. Apenas ondas que se perfilam desde o horizonte, bem visíveis nas suas cristas, muitas das vezes mais inofensivas do que previsíveis, pequenas ondas ou marolas, pouco importa, e depois aquelas correntes no fundo, que não se adivinham, que incham e vêm nos engolir quando estamos de costas.

A morte do meu avô talvez não tenha nada a ver com tudo isso. Aparentemente, não gerou nada, a não ser uma quantia de dinheiro. Nada de assinalável além do dinheiro, que era preciso empregar, saber converter sem perigo de perder. E, para investir o pecúlio, o que seria melhor do que pedra, já que a classe social à qual pertenço nada entende dos mecanismos do mundo das finanças e desconfia deles como da peste? "Pecúlio" é uma palavra muito pomposa, pois se tratava de uma quantia modesta, mas ainda assim compacta, ou seja, depositada de uma só vez pela minha mãe, zelosa de sua parte da herança e com medo de que não sobrasse nada.

Em suma, esse dinheiro dado pela minha mãe, em duas partes iguais e repartido entre seus dois filhos, constituiu a soma exata necessária para a famosa entrada, sem a qual Claude e eu teríamos sido incapazes de nos sustentar, e como era o habitual, destinamos essa quantia para ter uma propriedade. Compramos para não voltarmos a ser postos na rua, muito bem, para começarmos a construir as bases de uma vida a dois, perfeito, mas ainda era preciso ter os meios para tal.

Se o meu avô não tivesse posto fim à vida prematuramente, não teríamos conseguido considerar esta primeira aquisição, e depois vender, e depois comprar de novo. E nunca, com o passar do tempo, teríamos posto os pés neste casarão com garagem que foi onde ocorreu o acidente.

Mas o meu avô não é o único responsável por esse dinheiro que, por assim dizer, caiu no nosso colo. O outro grande agente, e sem dúvida o mais terrível, é a especulação imobiliária que começava a dar sinais claros no final dos anos 1980. Comprava-se por trezentos e vinte mil francos e dez anos depois vendia-se pelo dobro. Bingo. Estávamos rodeados de espertinhos que o alardeavam e, mesmo que não quiséssemos nos alinhar pela mesma ideia, acabávamos por pegar a calculadora e avaliar o preço do metro quadrado após a reforma. A tentação para fazer o *dobro* era grande (não faltavam expressões para designar os *golpes do baú* que uns e outros começavam a dar sem escrúpulos aqui e ali, inclusive entre os nossos amigos muito à esquerda). E mesmo não estando nós assim tão mal no nosso *canut* com mezanino, acabamos por nos deixar conquistar por essas ideias de expansão e de dinheiro fácil.

O problema era que tínhamos de encontrar uma nova moradia, e o que era caro na venda era caro na compra, mas era um tipo de desafio excitante, não seria sincera se dissesse o contrário.

Claude me deixava tomar a iniciativa, com aquela doçura e desenvoltura que o caracterizavam. Se eu tinha a energia para vender o apartamento, logo tinha a energia para recomeçar do zero. *Por que não?* Era uma expressão que ele usava quando não era contra. *Por que não?* Ele ouvia Oasis e me contava sobre a desavença entre os irmãos Gallagher, o vocalista Liam e o guitarrista Noel. Subia o volume à tarde na cozinha, onde tinha instalado o leitor de CD e onde me mostrava as bandas que então se ouviam. Blur ou Oasis? Como tinha se perguntado a geração anterior: Rolling Stones ou Beatles? Eram essas perguntas que o apaixonavam. Mais do que paredes com pedra à vista ou projetos quiméricos. Apesar de ele se entregar à bricolagem de forma meticulosa e adorar ajoelhar-se diante da caixa de meia-esquadria. *Por que não?*

Eu tinha transformado os meus dias numa busca. Estava longe de imaginar que punha a nossa vida em perigo. Ao mesmo tempo que escrevia aquele que viria a ser o meu primeiro romance (a história de um homem trancafiado entre os muros de uma prisão por ter matado o pai), vasculhava os classificados, telefonava, fazia contas, agendava visitas ao nosso apartamento de três cômodos. Aquilo que eu tinha apresentado como sugestão, para não dizer diversão, tornava-se uma evidência, e depois, depressa, uma certa urgência. A adrenalina me impelia. Esperava que o jornal gratuito da região fosse depositado todas as segundas-feiras na caixa do correio (isso foi pouco antes da internet e do Leboncoin[3]), marcava visitas, procurava o local ideal que imaginava com um jardim. Não sei de onde veio esse capricho de querer remexer a terra, plantar hortênsias (as férias na Bretanha, seguramente), tomar os cafés da manhã do lado de fora, convidar os amigos, permitir ao nosso filho brincar ao ar livre. Nos meus critérios

---

[3] Famoso site de anúncios gratuitos da França. (N.T.)

figurava: construção antiga, orientação sul, três ou quatro quartos (era preciso um espaço para Claude e os seus instrumentos de música, e eu teria gostado bastante de ter um escritório), pequeno jardim ou terraço, e um lugar para guardar a moto. Queria o impossível. Era talvez o que me agradava.

Fazia visitas, esperava, a minha vida girava em torno daquele local que eu havia de encontrar. Maior, mais luminoso, mais confortável. Fazia visitas, escrevia. É preciso ver uma relação entre essas duas necessidades? A impossibilidade de ficar quieta, sem dúvida, apesar de eu trabalhar fora dois dias por semana.

Acabei me tornando uma especialista na procura por apartamentos. Decifrava anúncios como ninguém. Sabia identificar os inconvenientes pelo modo como estavam redigidos, adorava aquela linguagem feita de armadilhas e omissões, que me transformava em intérprete, em finória a quem não poderiam fazer de trouxa.

Uma vozinha deveria ter me dito para ficar ali, para não sair do nosso *canut* reformado, um pouco apertado, é verdade, um pouco espartano, mas perfeitamente habitável. Uma vozinha deveria ter me prendido à cadeira aos sábados, quando eu partia na minha busca enquanto Claude trabalhava.

Fique aqui.

Eu ainda podia parar com tudo. Não tinha me comprometido com ninguém, com nenhuma imobiliária e muito menos com nenhum banco. Estava livre e tudo corria bem.

Mas eu não sou do tipo que desiste.

Que frase medonha, que aceito, por fim, escrever.

Intensifiquei a minha busca, coloquei bilhetes nas caixas de correio das casinhas nos arredores da nossa rua. Dizia para mim mesma que uma casa seria o ideal. Claude aquiescia, sim, *por que não*, se isso te agrada. O único desejo a que dava voz, a única coisa que gostaria, era que fosse alta, para que pudesse ver os telhados da varanda enquanto fumava o seu cigarro. Seria esse um eco longínquo do terraço em Argel onde andava de triciclo quando era pequeno, do qual conservara tal sensação. Aquele céu vasto, no qual ressoava por vezes o eco de detonações. Mas eu preferia ficar embaixo. Sobre o chão firme. Recordo-me desse impulso, que depois me pareceu suspeito, desse desejo que beirava a obsessão.

3. Se eu não tivesse teimado em visitar essa casa

Um anúncio me levou a uma casa bastante próxima, a algumas ruas da nossa. Fui com o nosso filho, que já tinha sete anos. Sabia que era muito cara, completamente fora do nosso orçamento, fui apenas, como se diz, por curiosidade, para ver o que se escondia detrás daquele muro alto ao longo do qual passávamos com tanta frequência.

Foi um choque, um deslumbramento. De súbito, já nenhum critério contava, era ali, sentia a obrigação de que fosse ali, tinha de ser ali. Mas nós não tínhamos o dinheiro. Lembro-me de todo aquele verde, as grandes árvores e os balanços. Lembro-me das peônias pendendo nos caules. O interior era escuro e encantador. A madeira da escada rangia, subindo em curva com um corrimão lustroso. Depois os quatro quartos do andar superior, forrados com um papel de outro tempo, e um banheiro no estilo rococó.

Caminhando pelo imenso jardim, ao visitar o alpendre junto à cerca do fundo, com uma mágoa que me estrangulava, pois tinha percebido que aquela propriedade não era para nós, notei a existência, no canto escondido pela sebe, de uma outra casa, menor, mais modesta, cujas portas de entrada com pintura descascada estavam fechadas, uma casa abandonada que sumia entre a vegetação.

Foi nesse momento que eu deveria ter ficado calada.

Uma casa abandonada, que vi no ponto cego, como essas ruínas que se descobrem engolidas pela hera na orla de uma floresta, provavelmente assombradas, que respiram umidade, salitre e histórias insalubres, essas construções grosseiramente barricadas que guardam ainda no interior o medo das noites de trovoada, cepos meio calcinados na lareira, estilhaços de vidro e papéis velhos espalhados pelo chão.
Que repelem as pessoas de temperamento normal.

Era mais forte do que eu: perguntei.

A senhora disse que aquela casa pertencia ao seu irmão e que não estava à venda. Deu a entender que tinha alguma relação com a guerra. Jean Moulin tinha organizado reuniões ali – eu me esqueci de mencionar que estávamos na comuna de Caluire, que fica ao lado do quarto distrito de Lyon, Caluire-et-Cuire, a cidade onde Jean Moulin foi detido. Ela me contou uma história de paraquedistas ingleses que a família teria escondido no porão, e de armas enterradas no fundo do jardim. Fez um gesto com a mão apontando vagamente para a terra sob uma conífera (que, soube mais tarde, era um cedro-do-atlas). Ela também falou das munições que os pais escondiam no colchão do berço quando era bebê, e das barras de sabão que a família guardava para serem usadas em explosivos. O irmão dessa senhora vivia em Nice, e não queria vender. Não, não valia a pena insistir.

Qualquer pessoa teria fugido, qualquer pessoa teria desviado o olhar daquela casa cuja história deixava supor uma presença de ondas nefastas. Qualquer pessoa teria deixado aquelas quatro paredes rigorosamente fechadas sobre o seu passado.

Eu fiz exatamente o oposto, me senti atraída como um ímã por aquele enigma que se desenhava, obcecada com aquela dupla missão impossível. Comprar a casa e encontrar as armas escondidas. Como se essa aventura fizesse de mim um membro da resistência. Foi inesperado e eu não pressenti a engrenagem que iria fazer a nossa vida levar um tombo.

Sem aguentar mais, alguns dias depois escrevi uma carta para Madame Mercier, era esse o nome da senhora, dizendo como tinha gostado do local, falando da minha ligação com o bairro, e sem dúvida mencionando coisas que pudessem fazer o irmão mudar de ideia. Aquele irmão longínquo e obstinado. Aquilo cheirava a coisa indivisa e a segredo.

Foi o início de um suspense do qual nunca deixei de sentir vergonha.

Não houve resposta à minha carta. Eu tinha sido ingênua, tinha acreditado que pessoas desconhecidas se deixariam tocar pelos sentimentos de uma jovem mulher em busca de moradia. Continuava a esperar, me sentia desiludida e também magoada por aqueles burgueses dos Mercier terem resistido a mim.

Deveria ter visto um sinal nisso. Deveria ter mandado eles irem pastar. Em vez de esperar convencê-los. Em vez de fazer daquela questão bem mais do que uma simples procura de casa. Se quisesse ser uma pessoa básica, diria que se tratou de uma forma latente de luta de classes, talvez mesmo de uma vingança. Digamos que sou uma pessoa básica esclarecida.

Segui com as minhas buscas. Afinal, tinha a vida diante de mim, ou assim acreditava. Tudo estava bem, deixei de pensar no assunto. Outra oportunidade surgiria. Continuei a olhar atentamente os classificados, abordei de novo as imobiliárias. Não estava assim tão ruim, realizava aquele exercício dia após dia, e isso adicionava um conjunto de vibrações ao meu cotidiano.

Não sabia se era melhor comprar ou vender primeiro. Ouvia falar de regras de financiamento, pensava nas noites em claro que me esperavam. Mas nada me impediria, estava convencida. Eu me informei sobre taxas de juros e sobre condições bancárias. Desbravava todo o terreno, com uma energia que nunca mais voltei a ter. Quando penso nisso agora, eu sozinha era como um pequeno exército: o capitão, o soldado de infantaria e o de artilharia.

Um dia, visitei um apartamento enorme e muito charmoso, também em Caluire, mas mais longe, próximo da piscina municipal, na fronteira com o bairro social de Montessuy, onde seria porventura o *nosso lugar*, afinal de contas. Ali, a vida parecia diferente, como que abrandada.

Seria necessário que o nosso filho mudasse de escola. Nada de intransponível. O apartamento tinha um jardim comum, emanava qualquer coisa de muito tranquilo, a sua grande área nos permitiria desenvolver os nossos projetos criativos e, por que não?, alugar um quarto a um estudante. Bastaria encontrar uma garagem, o que viria depois.

As nossas noites se transformaram em vigílias de reflexão. Vantagens e inconvenientes. Impulsos e reticências. Adições e subtrações. Devido a essas escolhas difíceis, nasciam tensões. Claude e eu já não falávamos senão daquilo, daquele desejo de nos mudarmos que me perseguia, que ocupava todo o espaço, que me tornava febril e por vezes grotesca. Fui visitar novamente o apartamento de Montessuy com a minha amiga Marie; tinha necessidade de outra opinião, e, naquele dia, havia coelhos no terreno que descia das antigas colinas sobre o Rhône. Um argumento de impacto para me decidir, que nenhum agente imobiliário conseguiria inventar. Esta foi também a época em que descobri a sua companhia, o seu jargão previsível, as suas camisas coladas ao corpo, a sua tendência depressiva.

Por sua vez, Claude também foi visitá-lo. Reconheceu qualidades no local, apesar da distância que o separava dos cafés, dos cinemas, do jornal onde ele trabalhava, e, como começava a se cansar da minha busca sem fim, disse que servia. Ele era o oposto de mim: bastava que tivesse um lugar para dormir, ouvir música e guardar a moto. O culto à perfeição não o consumia. A sua única mágoa era não viver perto do Mediterrâneo, ver o outono suplantar o verão e a temperatura baixar ao mesmo tempo que os dias ficavam mais curtos. A passagem do tempo, sobretudo, inquietava-o, os anos que desfilavam e que tinham acabado de transformá-lo num quarentão. Morar aqui ou ali não passava de um pormenor; em contrapartida, entrar no mês de novembro era um suplício. E até pior do que isso.

Estávamos em novembro e íamos assinar o compromisso de compra e venda. Eu me sentia entusiasmada e Claude também, pois aquela mudança ia criar um movimento em nossas vidas. Era um acontecimento, comprar um apartamento tão espaçoso como aquele. Eu poderia transformar um cômodo num escritório, poderíamos ter um quarto para visitas, Claude poderia voltar a usar a caixa de meia-esquadria, poderia ensaiar com o seu grupo no anexo ao fundo do jardim comum, obtida a autorização dos outros condôminos. Passaríamos a frequentar a piscina, o que nos faria muito bem. Bastava ver a vida pelo seu lado bom.

Faltava vender o nosso *canut*: eu ia agendar visitas, fazer a limpeza todos os dias, pôr tulipas no vaso sobre a mesa da cozinha, impedir que o nosso filho espalhasse os brinquedos de uma extremidade à outra do apartamento. Íamos deixar de estender a roupa no meio da sala, íamos esfregar o banheiro e o fogão após cada utilização, íamos retirar as guitarras que entulhavam o corredor.

Quando Madame Mercier telefonou.

No momento em que escrevo estas linhas, digo a mim mesma que foi o demônio. No entanto, em Mercier há mercê e misericórdia. Deveria ter dito não àquela mercê.

Era o que eu deveria ter dito quando ela ligou num fim de tarde chuvoso para o telefone fixo (é preciso recordar esse mundo sem celulares), para nos anunciar que o irmão tinha mudado de ideia. Concordava em vender aquela ruína com que eu tinha sonhado noite e dia e pela qual tinha oferecido uma quantia exagerada. Concordava, por fim o imbecil acabara por se mostrar razoável, já que uma desmiolada lhe tinha suplicado que abrisse mão daquela casa que mal ficava de pé.
Só que era muito tarde, tínhamos acabado de nos comprometer com outro imóvel. Não estávamos a serviço deles. Cancelar um compromisso de compra e venda, após os dez dias de prazo legal para voltar atrás, custava dez por cento do montante da aquisição, ou seja, uma fortuna. Estava fora de questão. Estaria, em um espírito equilibrado. Qualquer pessoa teria dito *que azar, que má sorte dos diabos, mas paciência*; qualquer pessoa teria choramingado na primeira noite e depois teria esquecido o assunto.

Era o que eu deveria ter feito. Foi o que Claude propôs que fizéssemos.

Mas, infelizmente, eu não conseguia renunciar, mesmo que à custa de um esforço impossível. Fui me agarrar àquele novo saco de problemas. E fazer um pacto com o diabo.

Não, não vá. Assim deveria ter gritado a voz.

Esquece, tinha dito Claude. *Já chega. Agora você tem de parar com isso.*

Noites em claro, exaltação, reflexão, palpitações.

Eu queria a casa dos Mercier, queria me manter no bairro, pensando melhor, perto dos cafés, perto da escola, perto do mercado. Como eu podia ter me entusiasmado com uma construção ao lado do bairro social de Montessuy, sem nada por perto a não ser a piscina municipal – cujo preço de entrada tinha se tornado proibitivo, certamente para que os pobres do bairro social não perturbassem a população bem-sucedida recém-implantada na cidade –, sem transeuntes nos passeios, sem nenhuma razão para passear e, portanto, para andar a pé? Como eu podia eu ter me imaginado num local deserto, sob pretexto de ter avistado, ao sol nascente da manhã, dois coelhos dando pulinhos na grama e de Claude poder instalar os seus instrumentos numa cabana de madeira sem aquecimento num jardim compartilhado, sem nem mesmo saber se os demais condôminos dariam a autorização necessária? O que tinha me passado pela cabeça?

Tínhamos de comprar a casa dos Mercier, que incluía um pequeno terreno. Sentia-o, queria-o, era a oportunidade da nossa vida.

Claude dormia e eu não me atrevia a dizer-lhe que ia encontrar uma solução. Ele dormia tranquilamente, e o meu cérebro fervilhava, buscava uma forma de anular aquele compromisso. Teria bastado me deixar levar pelo sono, renunciar a não renunciar. Ainda havia tempo de parar com tudo. Bastava não fazer nada. Simplesmente não fazer nada.

Não mexa
nem um dedo.
A tarefa mais simples da minha vida.

Fique quieta no seu quarto, como me soprava ao ouvido esse filósofo de novo em voga.

No dia seguinte, excitadíssima, consultei a legislação, me tornei especialista em compromissos de compra e venda, nas obrigações de ambas as partes, nas condições para a revogação. Fui me aconselhar com o escrivão do cartório (que era um amigo), com a imobiliária, com o banco, que já me tinha recebido duas semanas antes. Fiz novos cálculos num caderno. E, uma vez esgotadas todas as possibilidades, ou, antes, todos os impasses, decidi que íamos comprar como previsto o apartamento de Montessuy, e vendê-lo ato contínuo. Não devia ser muito difícil. Havia muita procura, eu estava rodeada de conhecidos que buscavam aquele tipo de apartamento numa zona tranquila, era o novo credo da nossa geração, os casais jovens com filhos que sonhavam com um jardim com horta comunitária, balanços e coelhos, piqueniques coletivos à sombra de um caramanchão coletivo, havia mais procura do que oferta, eu venderia num piscar de olhos. Publicaria um anúncio onde mencionaria: Ideal para família *versus* tribo. Vida ao ar livre. Único. Possibilidade de churrasqueira. Alegria de viver e horta.

Só precisava falar com Claude, saber a sua opinião. Ele tentou me dissuadir, claro. Qualquer pessoa sensata teria tentado fazer o mesmo. Eu insisti: *Eu cuido de tudo*; reforcei: *Você não terá que fazer nada*; acrescentei: *Não se preocupe, tudo vai dar certo*.

Subentendido: eu sei o que estou fazendo.

Subentendido: não vou deixar passar uma nova oportunidade de te surpreender.

Agendei visitas, as conduzi eu mesma ao apartamento de Montessuy, sem intermediação de uma imobiliária. Tinha medo da pergunta: por que estão vendendo? Tinha inventado uma mentira tão ruim que nem ouso escrevê-la. Sabem aqueles combinados que fazemos conosco mesmos e que não são lá muito bonitos? Nem sequer a confessei no consultório de um psicólogo. Por que estão vendendo?

Fazia as visitas e depois ia buscar o nosso filho na escola. Tinha um ar normal. Na verdade, estava bem, encarava tudo aquilo como um divertimento. O turbilhão já tinha começado. Dizia a mim mesma que isso me agradava, agendar visitas a apartamentos, poderia fazer disso a minha profissão, quem sabe. Tinha começado a escrever um novo romance, mas já não tinha cabeça para continuar. Intitulava-se *Às escondidas*, era uma história atual de *O pequeno polegar*. Abandonei o projeto do livro. Para escrever é preciso estar obcecado com o que se conta, e nessa altura eu estava obcecada com outra coisa, que ocupava todo o meu espaço mental.

Felizmente, trabalhava fora de casa, como já expliquei, o que me permitia ter uma vida equilibrada algumas horas por semana. De um lado da moeda, ia de carro para o escritório, pelo anel viário, participava de reuniões, tinha de tomar decisões, ter conversas, fazer telefonemas, ler livros, coisas concretas e precisas. Dizia a mim mesma: Está tudo bem, você não é louca.

O reverso da moeda é que mentia, e vendi o apartamento comprado três semanas antes a um jovem casal que acabava de receber uma herança (talvez ele também mentisse) e desejava ter filhos. Estava orgulhosa quando anunciei isso a Claude.

Muito bom. Por fim aliviada de um peso esmagador. O grande alívio. Sentia uma leveza, finalmente, tão leve! Recordo-me daquela vontade de dançar que nunca me abandonava. Alegria, alegria, alegria era só o que sentia.

Podia agora telefonar a Madame Mercier, a quem tínhamos feito esperar depois de termos suplicado.

Não telefone.

Tudo entrava de novo nos eixos, acreditava eu, depois daquela aceleração descontrolada. Tudo se encaixava perfeitamente bem.

Vender o nosso *canut* foi relativamente simples; o bairro estava em pleno *boom*, apesar de, no final do inverno, o sol não aparecer senão entre as treze e as quinze horas, valorizando furtivamente as paredes de pedra e o soalho que tínhamos lixado com convicção dez anos antes. Um jovem casal (mais um), oriundo de Saint-Étienne, ele bombeiro, considerou o apartamento adequado e planejou quebrar tudo para refazer as coisas de acordo com a sua ideia. E talvez retomar a tradição dos tetos falsos. A ele não agradava a perspectiva de as vigas poderem pegar fogo. Cada um com as suas obsessões.

Ainda faltava assinarmos o compromisso de compra e venda da casa dos Mercier, pedir um empréstimo ao banco, e darmos a volta por cima. Foi o famoso dia em que Claude brincou sobre dividir a percentagem do seguro do empréstimo entre nós dois em caso de morte.

Estávamos sentados no gabinete do banco Crédit Mutuel, com os capacetes de moto sobre os joelhos. Cinquenta/cinquenta? Quarenta/sessenta? Era como se procurássemos saber qual de nós valia mais. O mais confiável, o mais solvente, aquele cujo futuro era mais promissor. Eu era funcionária de meio período de uma associação e dava os primeiros passos na escrita. Claude dirigia a discoteca municipal de Lyon e colaborava regularmente com o *Le Monde* (na maior parte das vezes na redação Rhône-Alpes), onde publicava artigos sobre música. Tínhamos feito um braço de ferro no gabinete do banco, entre risos, para compensar a seriedade que nos levara o tempo de rubricar todas as páginas do contrato sem ler nenhuma. Tínhamos feito isso debaixo do nariz do consultor, por um puro reflexo de rebeldia pós-adolescente, uma atitude imatura que mostrava que não assumíamos a compra de uma casa, essa fantasia que no fundo desprezávamos. É verdade que aquilo não era o nosso tipo. Porém, nós nos dirigíamos direitinho àquela nova etapa da nossa vida.

Com a minha vontade, eu tinha reunido, sem saber, as condições do acidente.

4. Se não tivéssemos pedido as chaves antes

Ficou combinado que os Mercier nos entregariam as chaves da casa na segunda-feira, dia vinte e um de junho, o dia da assinatura do compromisso. Mas, muito impacientes, suplicamos que nos entregassem a chave alguns dias antes, ou seja, sexta-feira, dia dezoito de junho, para aproveitarmos o fim de semana a fim de arranjar o espaço da garagem, deixar lá algumas caixas e dar início à mudança. O escrivão era nosso amigo, como já mencionei. Ou, antes, amigo de Guy, que trabalhava com Claude na biblioteca municipal. Perante a nossa insistência, tinha consentido em dar o seu aval a esta violação das regras. Para nos agradar, para não se comportar como homem de leis psicorrígido. Pensou que agiu bem, pois não existia nenhum risco. Era uma coisa que se fazia com frequência. Bastava que assinássemos logo o seguro habitacional, e foi o que fizemos prontamente. Começamos a carregar as primeiras caixas, roupas de inverno, livros, discos, alguns brinquedos. Tínhamos pensado que assim ganharíamos tempo. E como o apartamento que nos preparávamos para deixar não ficava a mais de poucas centenas de metros da casa, podíamos fazer isso segundo as nossas conveniências, carregando o nosso Peugeot 106.

Era divertido e antiquado encher o carro de sacos e caixas, como quando éramos estudantes, era uma satisfação selecionar, fazer pilhas de objetos, começar a nos mexer. Tínhamos necessidade de agir, após todos aqueles meses arrumando pretextos. Era impossível para nós permanecermos imóveis, tínhamos uma vontade imensa de começar a ocupar a casa. Sentíamo-nos eletrizados, e cada gesto era realizado com uma ansiedade a que se pode chamar de *euforia*. Aquela febrilidade era a mesma do dia em que deixei a casa de minha família para ir morar com Claude no centro de Lyon. São sensações únicas que se inscrevem, que marcam o corpo todo naquilo que ele carrega de energia. A casa nos permitia dar asas à imaginação, sem outro limite que não fosse o nosso orçamento.

Eu já me via remexendo a terra para organizar as nossas plantações, idealizando um jardinzinho botânico que permitiria ao nosso filho se ocupar das plantas carnívoras que eram a sua nova paixão. Já me via prestes a construir uma pequena estufa para cultivar as sementeiras, pensava num alpendre, e num monte de outras ampliações. Digamos que não era um problema pensar, era mais o inverso, era impossível não extrapolar. É espantoso como o espírito ocupa todo o espaço, cria perspectivas, não cessa de explorar cada um dos metros quadrados recém-adquiridos.

Recordo-me desse fim de semana em que recebemos as chaves como se fossem um presente, recordo-me da luz de junho que dançava sobre as paredes de taipa, recordo-me do grande portão de madeira com batentes ancestrais, que era preciso manobrar com força, e da pesada chave que girava mal na fechadura enferrujada.

Recordo-me dos clarões de sol que refletiam no átrio interior aquecido junto com a luz avermelhada, recordo-me da vontade que senti de encher aquele átrio de trepadeiras e de transformá-lo num pátio, um oásis de inspiração mediterrânea. Adorava a ideia de entrar em casa por aquele jardim que teríamos de inventar. Pensei em construir um lugar para guardar bicicletas num canto, uma vez que, nesse mundo melhor, me imaginava fazendo as compras de bicicleta, de acordo com a perfeita cidadã *mais que cool* que eu estava planejando me tornar. Naquela época, ainda não se dizia *bobo*.[4]

Tínhamos ido ao mercado de pulgas de Feyssine no domingo de manhã e encontrado uma mesa de jardim de ferro forjado e quatro cadeiras, com marcas de uso mas em estado aceitável. Eu só precisaria lixá-las e pintá-las novamente. Este mobiliário de jardim, encantador e rústico, era a projeção exata da nossa vida futura tal como eu a imaginava, um lugar-comum sem dúvida retirado dos filmes ou das revistas de decoração que eu folheava febrilmente e que conservei numa estante, ainda ao meu alcance, atrás de mim na pequena divisão da casa onde escrevo e que, também ela, será destruída em breve.

Havíamos convidado Marie e Marc para tomar um drink no jardim, nas cadeiras de ferro bastante desconfortáveis. Tínhamos bebido cervejas trazidas para a ocasião, numa espécie de piquenique. Tínhamos nos instalado debaixo da cerejeira carregada de cerejas, uma vez que estava em plena época. Havia imensas cerejas-bravas no chão, esborrachadas sobre o cascalho, que se colavam às solas dos sapatos. Os rapazes tinham subido na árvore, eu gritei para que eles tivessem cuidado e não estragassem aquele tão aprazível domingo.

---

[4] Contração de *bourgeois bohemian* (burguês boêmio), designando uma pessoa jovem, de posses e instruída que exibe inconformismo diante das desigualdades sociais, ainda que se beneficie delas. A palavra foi usada pela primeira vez nesse sentido pelo norte-americano David Brooks, no livro *Bobos in Paradise: The New Upper Class and How They Got There*, publicado no ano 2000. (N.T.)

Só que é isso.

Nunca deveríamos ter pedido as chaves antes.
Aquela ligeira antecipação fazia toda a diferença.
Compreendi isso depois.

Não pegue
as chaves.

5. Se eu não tivesse telefonado para minha mãe

O modo como funcionam as famílias é uma coisa estranha. As histórias de uns se encontram por vezes expostas aos olhos de outros. Nesse caso em especial, aos ouvidos. Sem se darem conta. A minha mãe sabia que o meu irmão, que morava na mesma cidade que eu, já não tinha garagem para a moto. No espaço de uma semana. Por causa da proprietária do imóvel em que ele morava, que, como eu soube depois, pediu a garagem para pintá-la. Exatamente a partir de dezoito de junho, o famoso dia em que pegamos as chaves. E, sobretudo, o dia em que o meu irmão devia viajar de férias. Pergunto-me por que eu disse à minha mãe que tínhamos as chaves, que já tínhamos as chaves, que tínhamos por fim as chaves. Seria assim tão urgente?

Pergunto-me por que disse à minha mãe que, naquela casa, havia uma garagem. Uma garagem que queríamos transformar em sala. E um pátio onde arranjaríamos espaço para fazer uma garagem.

O que leva uma filha a dar à mãe uma informação em tempo real?

Ainda mais quando falávamos por telefone bem pouco, talvez uma vez a cada quinze dias, e quando a não invenção do celular (já existia, eu sei, mas ainda não tínhamos comprado nenhum, a única do meu círculo que o tinha era Clarisse, que vivia uma relação com um homem casado e tirava da bolsa o grande GSM com um ar de entendida, procurando um lugar com rede quando nos visitava) nos impedia de enviar as mensagens que usamos hoje em dia para comunicar os mais insignificantes pareceres e estados de alma.

Eu poderia ter telefonado à minha mãe para dizer a ela que tínhamos as chaves e topado com a secretária eletrônica, na qual não teria evidentemente deixado mensagem. O que teria evitado tudo o que se segue. Telefonar para minha mãe, quero dizer, telefonar para meus pais, é um erro de linguagem que diz muito. Mas como o meu pai ouvia mal, e sem dúvida também por outras razões, ele tinha adquirido o hábito de não atender. Os meus pais raramente se ausentavam; sobretudo à noite, quando não saíam nunca. Não havia, portanto, nenhum risco de topar com a secretária eletrônica. Risco nulo. É ao mesmo tempo reconfortante e inquietante. Ao passo que, inversamente, a minha mãe tinha dificuldade em me encontrar, o que a fazia perguntar: "Mas onde é que você anda metida?"[5], expressão usada pela sua família auvérnia, plena de subentendidos, que aludia ao meu modo de não saber parar quieta.

Terá sido preciso não ter nada de mais interessante para contar para que a filha tenha anunciado à mãe aquela que era então uma boa notícia, essa história de chaves dadas antes do tempo. *Mamãe, tenho as chaves!*, revelou a filha, empolgada. Como poderia ter dito: *Mamãe, olha como fiz xixi certinho no meu penico!* Mamãe, tenho as chaves, também fui capaz de comprar uma casa. Fiz tudo bem como me ensinaram, não é porque ouço Sex Pistols que não faço tudo como os meus pais.

Com que idade se consegue viver sem o olhar da mãe?

Seria para sublinhar o favor que nos fazia o escrivão, nos tratando como se tratam os amigos? Seria para me valorizar aos olhos da minha mãe, comentando de passagem que o escrivão era meu amigo? Sem pensar muito, pois ainda era muito cedo, eu tinha iniciado o que se chama transferência de classe social, sem me poupar da neurose que a acompanha, e, claro, sem poupar os outros. O escrivão era um amigo de um amigo, como mencionei no capítulo anterior, e nos conhecíamos havia pouco tempo. E é costume, nas conversas, que os amigos dos amigos, e até os vagos conhecidos, se transformem em amigos, para simplificar. É como é. Adoramos atalhos. Não vamos passar a vida entrando em detalhes.

Em suma, o que leva uma mãe a guardar a informação e a transmiti-la ao seu filho de imediato? A Brigitte tem as chaves de uma casa com garagem. O David está sem garagem. Eu informo, organizo, estabeleço a ligação entre o meu filho e a minha filha, me torno útil, é maravilhoso. Obrigada, mamãe. É normal, eu teria feito a mesma coisa, este zelo das famílias que torna os seus membros dependentes uns dos outros. São vasos comunicantes. É a definição de família. Ser mãe é tornar a vida equitativa, velar para que a Brigitte não tenha mais purê do que o David. É fazer de maneira que a Brigitte, a mais velha, empreste as suas coisas ao David. Empreste o seu Lego, partilhe a sua rede, empreste a sua garagem. Todos ficam satisfeitos. E gratos. É solidariedade, não é ingerência. Não há fronteira, não há propriedade. É a dádiva de si em prol do grupo, por vezes mesmo do clã.

Então a mensagem foi transmitida.

6. Se o meu irmão não tivesse tido, de repente, uma semana de férias

Já não sei onde o meu irmão trabalhava em 1999. Talvez já fosse técnico de manutenção da frota de automóveis da prefeitura do Rhône. Pouco importa. Tinha um emprego que lhe permitia tirar uma semana de férias em junho, sem aviso prévio, antes das verdadeiras férias em agosto. Não sei se na época já havia banco de horas Seria preciso verificar, mas para quê? Ou talvez, por razões de serviço, tenha sido o seu chefe a intimá-lo a gozar as férias ou as horas extras que se acumulavam. E pelas quais a administração não tinha nenhuma intenção de lhe pagar.

Um dos seus colegas emprestou a ele um estúdio em Nice, ou seria uma desistência nos seus agendamentos de aluguel, eu nunca soube. Um estúdio disponível na Côte d'Azur não é coisa que se recuse, sobretudo quando se acabou de passar onze meses respirando gases de escape da área metropolitana lionesa e gerindo um estoque de luzes rotativas. A baía dos Anjos não tem seguramente a mesma luz que os porões onde se fazem as trocas de óleo dos Renault Master da polícia francesa. O meu irmão já tinha se organizado: hierarquia, colegas, mulher, creche da filha – havia apenas um problema de garagem, que eu involuntariamente iria resolver. Ele deveria pegar a estrada na manhã de sábado, dezenove de junho, e nós tínhamos acabado de receber as chaves. O destino tinha montado bem as coisas. Coloque aqui a Honda 900 Fireblade, coloque ela aqui neste canto, ninguém a roubará.

7. Se eu tivesse aceitado que o nosso filho viajasse de férias com o meu irmão

Mas o meu irmão tinha me dado, sem saber, uma oportunidade de nos safarmos. Um coringa que deveria ter sido usado.
Como era generoso e solidário, me propôs levar o nosso filho com eles naquela semana inesperada de sol. Lembro-me da nossa conversa ao telefone. Teria bastado eu dizer sim para que o acidente não acontecesse. Teria bastado eu saltar de alegria pela ideia de o nosso filho se libertar da sua última semana de aulas, de faltar à festa da escola e a todas as celebrações que acompanham esses últimos dias. Em vez disso, disse que iria pensar, que falaria do assunto com Claude, que lhe telefonaria em breve.

Não pense, diga sim.

Teria sido preciso que a vozinha me soprasse que era importante que o nosso filho passasse uma semana com a sua prima e o seu tio, bem mais importante do que a escola, que era a oportunidade perfeita para se fortalecerem os famosos laços familiares. Teria sido necessário que eu fosse normal, e não dominada pelo medo. Não fiz uma sondagem no meu círculo, mas aproveito, faço a pergunta: Quem deixaria o filho de oito anos, que mal sabe nadar, passar uma semana inteira na praia, com dois adultos que não sabem como vigiar as crianças, com dois adultos com quem não tenho muito contato, de quem ouvi dizer (minha mãe) que teriam à disposição no local um barco a motor, e que havia uma rua para atravessar entre o estúdio e a praia?

Claude e eu nos sentíamos ridículos e hesitantes. Incomodava que tivéssemos que declinar da oferta. Quem pensávamos que éramos para recusar uma benesse como esta? Seríamos desmancha-prazeres, apreensivos, medrosos e incapazes de confiar. Tínhamos inscrito o nosso filho numa colônia de férias durante uma quinzena de agosto, pela primeira vez, já que o nosso verão seria dedicado aos trabalhos de reforma da casa, e aquela quinzena longe dele nos parecia amplamente suficiente.

Liguei para o meu irmão e distorci a realidade. Disse que o sobrinho dele tinha avaliações de final de ano das quais não seria adequado escapar, o que era mentira. Disse que ele tinha um papel importante na coreografia ensaiada para a festa da escola, o que, felizmente para a minha consciência, era verdade. Senti a sua decepção e as suas dúvidas quanto à minha boa-fé. *Bom, é mesmo uma pena. A Sophie vai ficar muito triste.* Sophie, que tinha uma adoração pelo primo, aquele que lhe mostrava como subir no portão da casa dos avós, como passar a noite no abrigo do jardim sem que ninguém percebesse, como dar comida aos cavalos sem que lhe mordessem os dedos.

É mesmo uma pena. Mas eu me senti livre, não tinha colocado nosso filho em perigo. Tínhamos sabido dizer não sem magoar ninguém.

Era, mais uma vez, a escolha errada.

8. Se o meu irmão não tivesse tido o problema com a garagem

Nunca soube daquela história da garagem que meu irmão alugava. Ou, melhor, subalugava. Uma colega da academia, ou talvez uma colega policial, tinha proposto dividirem um lugar numa garagem comum, onde era possível colocar uma moto mais ou menos sem que ninguém percebesse, mesmo sendo de alta cilindrada. Era um bom plano, perto da casa dele, o meu irmão sempre teve bons planos, fosse para comprar máquinas de lavar a louça, alarmes ou amortecedores de vans.

Tudo estava indo bem, por assim dizer, não fosse aquele ligeiro contratempo que o tinha obrigado a guardar a moto em outro lugar de sexta-feira dia dezoito a sexta-feira vinte e cinco de junho. Um contratempo que rapidamente se tornou uma chatice, e, depois um abominável quebra-cabeças. Sondando entre amigos, colegas, pais dos alunos da escola e depois até o próprio responsável pela frota de veículos da polícia, em outras palavras o seu chefe, nenhuma opção se apresentava para resolver o problema da moto condenada a dormir ao relento. Horror dos horrores para o motoqueiro obstinado que era o meu irmão (e continua a ser), se comparado com o motoqueiro mais descontraído que era Claude, apesar de que este não teria deixado a sua Suzuki Savage LS 650 passar a noite na rua.

O meu irmão estava prestes a subornar o policial responsável pela grande garagem do Ministério da Administração Interna. A moto deixada no cantinho certamente não iria prejudicar o serviço. Mas é sempre a mesma coisa: se abrirmos uma exceção, a seguir vem a anarquia. E, se for anarquia, não é polícia.

Talvez meu irmão estivesse prestes a telefonar novamente para um amigo do clube de *kart*, ou insistir com o irmão da sua mulher, talvez tivesse planejado entregar uma nota de duzentos francos ao porteiro do seu prédio para que lhe autorizasse acessar o subsolo, talvez fosse apenas necessário fazer uma visita a um amigo de um amigo, a quem tinha pensado oferecer uma caixa de garrafas de vinho, talvez tivesse descoberto uma solução provisória que lhe permitiria por fim sair de férias, quando a minha mãe telefonou, portadora da informação preciosa. A Brigitte pegou as chaves. A Brigitte conseguiu as chaves antecipadamente. A Brigitte vai ter as chaves na mão a partir da tarde de sexta-feira dia dezoito, o escrivão abriu uma exceçãozinha, se é que me entende, enfim, isso fica entre nós. Não é mesmo uma coincidência incrível? Por vezes a vida nos dá presentes como esse.

9. Se eu não tivesse mudado a data da reunião com o meu editor em Paris

O meu segundo romance seria publicado no retorno do recesso, no final de agosto, para ser mais precisa. Intitulava-se *Nico*. A minha assessora de imprensa tinha sugerido ir fazer o meu serviço de imprensa, isto é, autografar exemplares destinados a jornalistas que leriam durante o verão. De início ela tinha sugerido a sexta-feira dia dezoito, mas como era o dia de pegar as chaves eu não quis me privar do que já contei anteriormente. Além disso, tínhamos marcado a visita de um técnico de aquecimento e eu queria estar presente. Perguntei se não poderíamos passar os autógrafos para a semana seguinte, por exemplo para terça-feira vinte e dois de junho. Fiz a troca, mas me senti desconfortável, não é coisa que se faça, trocar assim por diversas vezes a agenda da nossa assessora de imprensa, mas ela foi encantadora, muito flexível, deveria ter me mandado à merda. Querida Emmanuelle. Deveria ter dito: Sou eu quem decide.

Dezoito de junho. É pegar ou largar, minha linda. Isso aqui não é *self-service*.

Além disso, já tinha comprado o bilhete do trem, que infelizmente era reembolsável, ainda que pouco me apetecesse ir para a fila da bilheteria da SNCF na Croix-Rousse. Malditos bilhetes reembolsáveis. Deveriam ter me obrigado. Maldito mundo que se curvava à minha vontade. Maldita liberdade que usei tão mal.

Se tivesse ido a Paris no dia dezoito de junho como previsto, teria regressado no fim do dia, no momento em que o meu irmão deixava a sua moto. Teríamos nos visto brevemente. E seria tudo. E nada disso teria acontecido.

Então, eu teria de esperar mais vinte bons minutos na bilheteria da SNCF, com um bilhete numerado na mão, mas como eu estava de excelente humor, não era assim tão grave me sentar diante de um consultor cujos gestos considerava muito lentos, e cujo profundo distanciamento me parecia um enigma. Isso era antes das máquinas de autoatendimento, era antes do domínio da informática que faria de nós empregados de guichê, datilógrafos, secretários, contadores. Eu estava contente, creio, com a ideia de uma viagem a Paris e uma pernoite na casa da Hélène. Contente com a ideia de em breve ter o meu romance nas mãos. Nenhuma sombra no quadro geral.

Os parisienses não sabem disso, mas, para os provincianos, comprar um simples bilhete de trem e encontrar uma cama em Paris constitui uma verdadeira proeza. Para dormir na casa de amigos, é preciso ter amigos na capital, mais para os lados da Bastilha do que para os lados de Sartrouville, e que não tenham muitos filhos. Como eu só tinha publicado um livro, não conhecia por assim dizer ninguém do meio, em todo o caso, não o suficiente para esperar uma oferta de alojamento. O que, depois, me aborreceu muito, dormir no sofá da sala, sobretudo ter de mostrar a minha cara pela manhã, tão diferente da cara da noite, de impor a minha presença no chuveiro e de ter acesso à intimidade desses amigos, os meus amigos de Paris, infelizmente invisíveis o resto do tempo, e com quem os meus amigos de Lyon nunca se encontrarão. (Bem, com a exceção do dia do funeral.)

O meu editor tinha se oferecido para me reservar um quarto de hotel, recordo agora, porque precisava estar na Stock por volta das dez horas, e vindo de Lyon isso significava que eu acordaria com as galinhas. Como tinha imposto a mudança de data, não podia pedir para autografar os livros antes. Mostrei-me flexível e recusei o quarto de hotel que eu sabia que iria acarretar custos, já que estavam pagando o bilhete do trem. Nunca gostei desta distinção, que faz dos escritores de província fornecedores de recibos de despesas, já basta ser rotulado como *regional*, convenhamos que as coisas mudaram, mas, a essa altura, um escritor morava em Paris e passava pelo seu editor a caminho do mercado com toda a desenvoltura. Eu era sempre aquela que tinha um trem para pegar, sempre limitada pelos horários. Quando já não sabiam o que me dizer, me perguntavam o horário do meu trem, e isso virava o tema da conversa. Quando organizavam um coquetel, eu nunca podia estar presente porque o último trem, na estação de Lyon, partia às dezessete e cinquenta e oito. Quantas vezes passei correndo pelo painel que anunciava as partidas.

Eu não tinha experiência, e levava muito a sério aquela questão dos autógrafos, como a garota séria que sou. Preferia ir antes, o que me evitaria levantar às cinco da manhã, e, fatalmente, passar uma noite em claro, e me permitiria ver Hélène, uma amiga lionesa que trabalhava havia pouco tempo numa livraria do vigésimo distrito e que insistia para que eu a visitasse. Tudo estava se desenrolando maravilhosamente bem.

Ir a Paris significa também aproveitar para ver uma exposição. Para o provinciano, uma exposição é um fim em si, uma vez que, na província onde ele vive, se crê privado do essencial, a saber, Klimt, Bacon ou Boltanski, e imagina que os parisienses passam a vida passeando diante das fotografias de Walker Evans ou das instalações da Fundação Cartier. Vista daqui, Paris rima com exposição, ou com show lendário, é um dos elementos do complexo do provinciano que poderia ser definido do seguinte modo: aquele que não viu exposições, aquele que se contenta em dizer que ouviu falar delas, aquele que folheia os suplementos dos jornais.

O provinciano, por exemplo, ouviu falar do show que o Joy Division deu em Bains Douches, Paris, em 1979, banda que ele terá assim perdido para sempre, mas sobre a qual terá lido a magnífica descrição de Michka Assayas no *Libération*. O que deixava Claude louco de inveja e atiçava o seu desejo de escrever sobre *rock*. As exposições, os shows e as salas lendárias como o Bataclan, a Maroquinerie, o Élysée Montmartre, o Gibus, o Trabendo ou o Olympia, sem falar do Palace, eram em Paris, onde parecia que tudo acontecia.

Dizia a mim mesma, portanto, que poderia dormir na casa de Hélène na noite de vinte e um de junho, autografar os livros no dia seguinte e, se me sobrasse algum tempo, ir ver a instalação Ousmane Sow na ponte das Artes. Por isso, planejei o meu regresso para terça-feira, dia vinte e dois de junho, no trem das dezoito e cinquenta e oito, para estar à vontade, o que me faria chegar a Lyon por volta das vinte e uma horas.

Muito bem.
Era o que eu pensava.

10. Se eu tivesse telefonado a Claude na noite de vinte e um de junho, como deveria ter feito, em vez de ouvir Hélène falar da sua nova história de amor

Disse adeus a Claude na segunda-feira vinte e um de junho no início da tarde, após a assinatura da escritura no cartório.
    Apanhei um ônibus até a estação e depois o trem, como previsto, passei a noite na casa da Hélène, também como previsto. Durante o fim de semana em Lyon, que tínhamos passado fazendo reparos na casa, eu ainda assim tinha arranjado tempo para encontrar no supermercado uma amiga, cujo filho estava na mesma turma que o nosso e que o convidou para a festa dos oito anos na terça-feira vinte e dois de junho, após a aula. Acontecia com frequência convidar as crianças para a casa umas das outras depois das quatro e meia da tarde. Foi também por isso que eu quis me manter no bairro, por

aquela camaradagem, aquela fluidez, aquela ajuda. Tudo era fácil.
Claude, portanto, não precisava ir buscar o filho na escola.
Tinha esquecido completamente de dizer isso a ele.
Novo coringa.

Tinha esquecido.
Mas ia reparar isso.
Ia interromper a conversa que estávamos tendo na casa da minha amiga Hélène, que morava perto do Centro Pompidou e que eu não via há muito tempo. Ia me erguer do sofá onde estava confortavelmente instalada e no qual eu dormiria quando a noite chegasse, ia perguntar se podia usar o telefone, esperaria que fossem nove e meia, uma vez que na época o telefone era caro, havia diferentes tarifas, horários, um protocolo que tornava a vida por vezes estúpida, como aquele de esperar junto do aparelho que nos ligassem, que uma administração nos telefonasse, que a pessoa por quem estávamos apaixonados nos chamasse.
Embalamos numa conversa que já não sei aonde nos levou. Certamente Hélène falava do seu novo trabalho como livreira, ou da mulher que tinha acabado de conhecer e que lhe provocava noites torturantes e palpitações. Ou talvez tenhamos nos detido nos textos de Olivier Cadiot, que ela adorava, ou no último álbum do Cat Power que ela tinha acabado de pôr para tocar. Sim, é provável que ouvíssemos *Moon Pix*. Talvez falássemos da casa nova que tínhamos acabado de comprar, Claude e eu, e das reformas que iríamos fazer, daquela casa na qual tínhamos pensado em ter três quartos no andar superior, dos quais um seria reservado aos amigos, e que ela poderia ocupar sempre que quisesse.

Levante e telefone.
Ainda dá tempo de evitar o que vai acontecer.

Comíamos os folhados que ela tinha aquecido, deliciosos, e bebíamos Martini, creio que era Martini Rosso, em pequenos goles. Bebíamos e tagarelávamos. Já passava das vinte e uma e trinta, a Festa da Música estava a todas sob as janelas. Vislumbrava, num canto da cozinha, um relógio, e conseguia espiar as horas, que avançavam. Dizia a mim mesma que ainda era cedo, que Claude devia estar colocando o filho para dormir, que não ia chateá-lo logo quando ele ficasse livre, ele teria sem dúvida vontade de ficar um pouco a sós, fumar um Lucky Strike na janela enquanto ouvia um dos novos CDs trazidos do trabalho, aumentando os graves. Podia subir o som até às vinte e duas horas, antes de a lei permitir que os vizinhos se queixassem, o que eles nunca fizeram, eram mais eles que enchiam nossos ouvidos com as suas *Gymnopédies* de Satie tocadas num piano sem surdina, e, sobretudo, as suas discussões regulares de casal que acabavam sempre da mesma forma, com os soluços da mulher infiltrando-se pelo teto com pouco material isolante, uma vez que, como já mencionei, nós tínhamos retirado os tetos falsos.

Alguma coisa me impedia de telefonar. Adiava. Olhava para o telefone, numa das prateleiras inferiores da estante, mas não conseguia interromper Hélène, que me contava coisas íntimas da sua vida, a sua nova vida parisiense, os seus arroubos amorosos; não ousava me levantar e perguntar se podia usar o telefone para ligar a Claude, tinha medo de que ela achasse a situação toda uma cafonice, e mesmo algo constrangedor, que uma mulher, ausente apenas umas poucas horas, sentisse necessidade de ligar para o companheiro. Tinha medo, sem dúvida, de que ela me julgasse como se julgam por vezes os casais heterossexuais – que hoje se diz serem *heteronormativos* – e que ela pensasse que eu não conseguia me sentir livre, sozinha longe dele, longe daquele que ela conhecia e apreciava, aliás. O que aumentava ainda mais o meu receio, que não era receio, mas apenas uma vaga sensação que me atravessava, era que ela pensasse que eu me sentia obrigada a telefonar porque tinha um filho, e que ela constatasse, ou, melhor, verificasse, que as mães, separadas da sua progenitura, não são nada.

Assim como sobre os casais *heteronormativos*, há também clichês sobre as mães, que não seriam capazes de viver longe dos seus filhos, que não teriam outro assunto de conversa a não ser as crianças, outras preocupações, e é preciso dizer que isso não é totalmente falso. Li há pouco tempo um texto da lacaniana Dominique Guyomard em *La Folie maternelle ordinaire* que levanta a doce questão de saber se é possível ser mãe sem ser louca. Pronto, é isso, está dito. Hélène não tinha homem nem filho, eu não queria contaminá-la com a minha possível loucura maternal, que me fornece, *a posteriori*, um início de explicação.

Mas, para ser sincera, não queria interromper as coisas que ela me contava do amor que vivia e que transformavam a noite em algo emocionante. Estávamos em plena troca de amabilidades, em plena evocação de amigas que se reencontram. E eu sentia também, simplesmente, preguiça de me levantar. Uma enorme preguiça.

Dizia a mim mesma, apesar disso: Agora, vá telefonar.
Era então, agora, que tinha sido preciso telefonar.

Aquele telefonema, eu não podia adivinhar, teria mudado o curso da nossa vida.

11. Se eu tivesse tido um celular

Eis o que teria escrito:

Tudo bem? Não precisa buscar o Théo amanhã na escola. Ele foi convidado para o aniversário do Maxime e vai com a mãe dele. Depois, no fim da tarde, ela vai levá-lo aí. Segue o número dela. Boa noite, my love.

Agora já passava das vinte e duas horas, e era o momento, era o exato momento em que eu podia interromper o tempo livre de Claude, que devia ter baixado o volume da música e talvez bebesse uma cerveja enquanto escrevia um artigo. Mas não ousava – ainda menos – interromper as confissões de Hélène, que continuavam a ser tão íntimas e me agraciavam com uma confiança que me lisonjeava. Eu não podia, no meio de uma frase, em plena narrativa em que ela sabia gerir o suspense, ao mesmo tempo que tentava compreender os sentimentos por aquela mulher que tinha acabado de conhecer, eu não podia me levantar e com isso dar a entender que tinha coisas mais importantes para fazer do que escutá-la. Desculpa, não é que não me interesse, mas tenho a cabeça em outro lugar, dá licença, preciso ligar para o Claude, tenho uma coisa para resolver.

Não ousava porque as ligações entre Paris e Lyon eram caras e telefonar, mesmo depois das vinte e uma horas e meia, significava pedir mais um favor à minha amiga que já estava me acolhendo, embora eu saiba que essa desculpa esfarrapada não é desculpa nenhuma.

Digamos que é um conjunto, um feixe de microrrazões que, todas somadas, começavam a constituir um impedimento de telefonar.

Como os microacontecimentos ocorridos nessa última semana acabavam por tecer uma teia suficientemente apertada para conduzirem de forma inexorável ao acidente.

Eu conheço a verdadeira razão.

É possível que seja essa a verdadeira razão, e apenas ela, que me impediu de telefonar.

Como fazer para ser crível, e, em primeiro lugar, para mim mesma?

O que me impediu de me levantar do sofá, entre as vinte e uma horas e meia e as vinte e duas horas e meia, foi um sentimento específico que se formava em mim havia vários anos, condicionado pela época em que vivíamos, e que afirmava que os pais deviam assumir um novo lugar no lar. Eu queria que Claude não tivesse necessidade de mim, do meu olhar, da minha opinião, para se ocupar do seu filho. Queria, o verbo está mal escolhido, esperava que ele afirmasse a sua presença e que construísse uma relação com o filho, o que ele fazia. Diz-se tanto das mães, que elas são autoritárias e devoradoras – além da loucura que acabei de referir –, que eu tentava me esconder às vezes num canto, nunca sabendo se fazia muito ou não o bastante. Tentava dar espaço.

A imprensa mais séria estava repleta de artigos que viam os pais sob uma nova perspectiva, intimando-os a se tornarem aquilo a que naquela época se chamou *novos pais*, em outras palavras, seres menos viris, menos distantes, menos ausentes. Seres menos encurralados entre o emprego e o tempo gasto diante do televisor, segundo o lugar-comum que representava o francês médio das gerações anteriores, aqueles pais silenciosos fumando *Gauloises* dentro do carro, esperando que os servissem à mesa, entregando à mulher a roupa para ser passada. E não tendo senão um interesse moderado na sua progenitura.

Os *novos pais*, a quem os anos 1980 já não somente exigiam que provessem as necessidades do lar e o protegessem, mas também que se dedicassem a muitas outras coisas, como participar em cursos de parto humanizado, aprender a trocar uma fralda ou dar mamadeira, o que alterou o equilíbrio de mais do que um casal mas não impediu que as mulheres revirassem os olhos quando o marido fechava um macacãozinho pagão errado. Era preciso inventar aquele novo lugar, era preciso que as mulheres partilhassem, o que elas ao mesmo tempo desejavam e temiam. Era preciso que elas cedessem perante os desejos antagônicos, ou, antes, as ordens, as ditadas pelas suas próprias mães, por essa sociedade que evoluía e pelas suas próprias convicções, para não dizer as suas próprias neuroses. Era muita gente para satisfazer.

Naquele momento, na casa de Hélène, foi sem dúvida o que me impediu de agir. Lembro-me desta frase que me assaltava, que se repetia na minha cabeça: deixe os meninos em paz, deixe que eles se resolvam. Numa atitude feminista, numa vontade de afirmar a minha independência. No fundo, não queria telefonar, não queria saber o que eles tinham comido, o que eles tinham feito, se o nosso filho tinha decorado o poema, a que horas tinha ido dormir, não queria saber que roupas Claude escolheria para o dia seguinte. Na verdade, eu queria saber, era evidente que ardia por saber, mas uma vozinha me dizia para largar mão.

Largue mão. Você não é indispensável.

Via as horas se passarem, dizia a mim mesma que Claude estava escrevendo o artigo sobre PJ Harvey por ocasião do show que ela faria no Transbordeur de Villeurbanne no início da sua turnê, o imaginava fumando na janela escancarada em pleno mês de junho, entre a escrita de dois parágrafos, sem dúvida com os acordes longínquos da Festa da Música que se propagavam pela rua. Via-o colocando no toca-discos o último álbum de PJ Harvey, *Is This Desire?*, escutando aquela voz e aqueles acordes de guitarra com atenção, e preparando as perguntas da entrevista que tinha planejado, o jornal tinha encomendado a redação de um perfil, esse exercício arriscado que consiste em misturar informações biográficas e musicais, adotando um ponto de vista racional, mas era preciso encontrar o ponto de vista certo, era o *leitmotiv* do jornalista, a palavra que o consumia desde que entrou para a redação do *Le Monde* na categoria de colaborador externo, há cinco ou seis anos.

Dizia a mim mesma que precisava telefonar apesar de tudo, não me sentia totalmente em paz. Tinha deixado as coisas apressadamente. Contudo, acabei procrastinando demais, logo, eram vinte e três horas e acabava ficando quase risível fazer uma chamada tão tarde para dar uma informação tão insignificante. Claude planejou buscar o filho, e, sem dúvida, isso lhe dava prazer. É o que eu acabei descobrindo. Sim, ir buscar o filho na escola não era uma chatice, mas um ato de alegria. Claro que era uma alegria. Como é que eu não tinha pensado nisso antes? Ele estaria com o filho antes da festa de aniversário, talvez até fossem juntos para lá. Contariam várias coisas um ao outro, que me escapariam. Fariam bobagens pelo caminho, iriam se divertir. Decidi que aquilo não me dizia respeito. Era a vida deles, era amanhã. Claude era adulto, o assunto estava resolvido.

12. Se a hora das mamães não tivesse sido também a hora dos papais

O que faz um pai com responsabilidades, que dirige um serviço num estabelecimento importante (a discoteca municipal de Lyon), ir buscar o filho na escola duas vezes por semana e fazer disso uma prioridade? Não fazia parte dos hábitos dos homens, e ainda menos dos que tinham cargos de gerência, no final do século XX, interromperem o seu dia de trabalho às quatro horas da tarde, considerarem que a sua presença já não era indispensável, e fugirem a fim de passar mais tempo com o filho. Não é uma escolha para as mulheres, que lidam com jornadas espetaculares para conseguir conciliar vida familiar, vida de casal e vida profissional. Mas já se falou muito sobre esse tema. Cada um faz o que pode, estrangulado pelo tempo que não tem, que rouba aqui e ali, progenitor frustrado por faltar a isso ou aquilo. Ficar correndo atrás do tempo, de manhã até a hora de dormir, até finalmente, uma vez apagada a luz no quarto dos filhos, soltar um grande *ufa*.

Conheci um editor, o meu editor da época, Jean-Marc Roberts, que tenho o prazer de citar, que saía do escritório às dezessete horas para ir buscar os filhos na escola. Quando poderia todas as tardes ter coisas melhores para fazer, naquele coração parisiense onde palpitavam desafios em cada canto de mesa. Ele dava um jeito não sei como, estava na escola na famigerada hora das mamães.

Claude era dos que organizavam a sua vida assim. Estava lá às terças e quintas, fosse o que fosse, sem perder a beleza, a elegância, e, ouso dizer, a virilidade. Simplesmente vivia o prazer que um pai sente ao ver um filho e não se sentia menos realizado por isso. Parece antiquado dizer isso assim, mas ter filhos é também uma coisa antiquada.

Além disso, ele não fazia parte desses homens que se dizem sobrecarregados, não se armava com tarefas excessivas, como gosta de fazer uma parte dos meus contemporâneos. Não, apesar dos dois cargos que acumulava, a discoteca, o jornal, não renunciava à sua placidez inegável, à sua disponibilidade, mesmo que entregar os artigos a tempo e dirigir uma equipe de quinze pessoas lhe provocassem picos agudos de estresse. Nunca o vi transferir a quem quer que fosse a responsabilidade que lhe cabia, graças à qual teria podido se valorizar, nunca senti que rebaixasse ninguém, e muito menos a mim, que por vezes me lamentava por não saber a que, a quem, dar prioridade. Quando penso nisso agora, ele fazia da sua vida o que lhe agradava, e ir buscar o filho na escola o empolgava certamente mais do que marcar reuniões infindáveis com os outros chefes, dava-lhe sem dúvida aquele equilíbrio que o mantinha de pé, que o tornava sonhador e tão sedutor.

Não tenho recordação de o meu pai ter ido alguma vez nos buscar na escola, a mim e ao meu irmão. Se não tivesse escrito estas linhas, nunca teria me perguntado. Não, a minha mãe deixou de trabalhar para nos criar, como era costume nos anos 1970, e era ela que organizava as escalas com as outras mulheres para nos acompanharem até o fim do fundamental, e nos fazerem atravessar as duas ruas que separavam o apartamento da escola situada no outro quarteirão da ZUP. Todas as vizinhas se juntaram. Nenhum vizinho. E o meu pai trabalhava por turnos nos correios e ficava livre uma tarde a cada duas. Mistério.

O que é certo é que a escola, com o seu período de aulas, o horário de saída dos alunos, as férias, aquele ritmo cotidiano e sazonal, constitui a base da organização das nossas vidas, e nós não fugimos à regra.

Se não tivesse acontecido nada, eu talvez nem me lembrasse daquele acordo entre mim e Claude, de dividirmos os dias da semana. Não teria certamente voltado a pensar que acelerava pelo anel viário dentro do meu carro, às segundas e sextas, regressando do subúrbio onde trabalhava, e muitas vezes chegava por último ao portão da escola, com o coração aos pulos e o estômago embrulhado, depois de ter passado semáforos bem amarelos, de ter ultrapassado o limite de velocidade e de ter colado no carro à minha frente, como se a minha pressa tivesse o poder de fazê-lo andar mais rápido.

Se não tivesse acontecido nada, não teria questionado essa mania que nós temos, nós que trabalhamos, de sair do escritório no último minuto, entregando ao acaso a tarefa de operar milagres e de nos permitir viver horas plenas, tensas, emocionantes, de olhos cravados no mostrador do relógio. Lembro-me da estação de rádio que ouvia no carro e do horror quando falavam as horas: eu ainda estava na saída da rotatória quando a professora mandava a turma sair, estava presa atrás de uma caminhonete quando os alunos já tinham vestido os casacos, avançava a passo de caracol quando já tinham atravessado o pátio. Via uma longa fila no semáforo quando o meu filho devia estar me avistando na saída da escola. Lembro-me de como as coisas aconteciam, com exatidão, mas passou. Ufa.

13. Se o meu irmão não tivesse guardado a moto na garagem da casa nova

Isso parece uma brincadeira de criança. Ou uma oração que se ensina a construir no ensino fundamental: O meu irmão guarda a moto na garagem. Sujeito, predicado, complementos.

Sempre fui obcecada pelo lugar de cada um. Quem faz o quê nesses lugares íntimos, os apartamentos, as casas que habitamos, quem dorme em qual quarto, quem descansa no sofá da sala após o almoço, quem monopoliza o banheiro. Como circulamos nos corredores e nas escadas, como nos evitamos, como nos incomodamos e nos espiamos. Como se organiza a vida nessas extensões que são as varandas, os terraços, as coberturas nos jardins, as garagens.

Era a primeira vez que tínhamos uma garagem em casa. E isso era um privilégio de que estávamos cientes. Até agora, para a sua Suzuki, Claude tinha um box comum alugado a trezentos metros do apartamento, em frente à escola primária. Quem vive com um motoqueiro sabe a preocupação que há com o estacionamento, para não dizer obsessão. Desde sempre, e depois de terem roubado várias motos, o conceito de garagem fazia parte do seu cotidiano, o seu custo, a localização, a lista de espera em que era preciso se inscrever para conseguir por fim obter uma vaga. Sem contar que a garagem é também onde o motoqueiro faz pequenos reparos e guarda chaves doze, óleo de motor, lubrificantes e camurças para lustrar os cromados. As nossas conversas estavam recheadas de referências a esse local obrigatório, das quais, a mais frequente: *Vou trabalhar na garagem*. A garagem era o prolongamento indispensável do apartamento, um domínio reservado, onde eu não tinha nada para fazer, muito nu, muito tosco, muito úmido, hostil, em suma. Um local cujos códigos eu não sabia, não sabia onde pôr os pés sem correr o risco de me sujar, de pisar numa mancha de óleo ou derrubar uma lata. E, além de tudo, fedia.

Depois da escola, Claude trabalhava com frequência na garagem, e o nosso filho sabia bem como se trocava a lâmpada de um farol e se esticava o cabo de um freio. Era antes dos freios a disco, eu sei. A garagem era onde pai e filho falavam uma língua sem palavras, feita de gestos técnicos e da paciência necessária para iluminar, com uma lâmpada elétrica, uma área a ser consertada. Era o domínio secreto deles, um local de união e cumplicidade, a sua vida sem mim.

A garagem era o lugar onde fazia frio, me lembro de que nos refugiávamos lá, Claude e eu, para fugir dos olhares quando tínhamos dezoito anos, no subúrbio onde vivíamos. Claude já tinha uma moto, foi também o que me seduziu, creio, eu o via sempre de capacete na mão, com um par de grossas luvas de couro que não sabia onde pôr uma vez fora da moto.

Quando Claude e o seu filho regressavam da garagem, tinham na maioria das vezes as mãos congeladas e as bochechas vermelhas.

E óleo nos joelhos das calças. E nos olhos aquele brilho que eu adorava.

Adio o momento de falar da moto do meu irmão. Aquela que ele guardou na garagem da casa nova. Essa moto em que devo focar agora. Porque não era uma moto qualquer.

14. Por que é que Tadao Baba, o engenheiro japonês que revolucionou a história da Honda, entra de forma violenta na minha vida

Como eu poderia imaginar que o Japão, país onde nunca pus os pés, distante quase dez mil quilômetros do meu centro nevrálgico, ia decidir a continuação da minha vida, ou, melhor, ia esmagá-la, por meio de um construtor que consta entre os mais prestigiados do mundo, o engenheiro à frente da criação da famosa Honda 900 CBR Fireblade (Lâmina de fogo) na qual Claude seguia no dia do acidente, Tadao Baba?

É um país que muitos dos meus amigos franceses veneram. Alguns deles vivem mesmo à *moda japonesa*: preferem mesas rasteiras, hashis a talheres, e adotam por vezes os preceitos do xintoísmo, assim como se casam com mulheres japonesas, que, é forçoso reconhecer, são de uma sofisticação inquietante.

É um país do qual li uma parte da literatura, de que conheço a história recente e no qual sei que Philippe Forest, em *Sarinagara* (que quer dizer, em japonês, "não obstante"), considerou existir um poderoso eco entre o luto íntimo acerca do qual escreve e o luto coletivo de uma nação em parte dizimada pela bomba atômica.

É um país que obriga ao respeito, cujo código de honra é uma lição dada a todo o planeta, assim como uma porta aberta para o assombro, e cujo progresso tecnológico nos deixou atônitos. Os músicos e os motoqueiros sabem disso muito bem, pois compraram Honda, Yamaha, Kawasaki, Suzuki, Sony, Casio, Hitachi, venerando as máquinas que lhes deram o som, a velocidade, a precisão, a adrenalina. Todos sabem como o sintetizador Yamaha DX7 revolucionou a música *pop* dos anos 1980. *All around the world.* Claude, claro, não tinha fugido à regra quando comprou o seu primeiro teclado. A Sequential Circuit, de que falo nas primeiras páginas deste livro, era uma empresa norte-americana que foi comprada pela Yamaha.

Eu teria gostado de conhecer Tadao Baba, o engenheiro nipônico que está na origem da criação daquela moto impressionante. Tentei vê-lo por todos os meios, encontrei uma fotografia que o mostra, sorridente, cheio de charme, de cigarro na mão e dentes um pouco amarelados. Na casa dos sessenta, radiante. Encontrei até camisetas com a sua efígie, dois palmos de cara, mecha grisalha (fotografia de Roland Brown) e inscrição em maiúsculas: BABA. Mistura de cinquenta por cento algodão/cinquenta por cento poliéster. Em promoção a catorze euros e noventa e um centavos no site de vendas Pixels Shopping. Percorrendo o site, encontro também a tal foto de Tadao Baba, Honda Fireblade *designer*, impressa numa gama inteira de acessórios: canecas, toalhas de banho, ecobags, cadernos de espiral, cortinas de chuveiro, capas de edredom, tapetes de ioga, capas de iPhone e postais. Deduzo que Baba é uma estrela. Fico fascinada. Uma cortina de chuveiro com o rosto dele, sério.

A Honda tinha pedido a Baba que criasse a Honda 900 CBR Fireblade para competição. A ideia tinha sido conceber uma quatro cilindros em linha capaz de destronar a lendária e resistente Honda RVF 750, a fim de competir nas 8 Horas de Suzuka, o célebre circuito próximo de Quioto. Tive de ir ver o que significava "cilindro em linha", embora tivesse a certeza de que se tratava de cilindros alinhados (sim, isso), como confirmei. Nessa altura veio-me à lembrança aquela história de carburadores no título do último livro que Claude estava lendo, e tive a confirmação de que esta tal Honda 900 estava efetivamente equipada com um carburador, e não com um motor de injeção eletrônica, como é hoje em dia o caso de quase todos os veículos.

Peço desculpa por entrar assim em pormenores. Foi pedido a Tadao Baba que "concebesse uma moto cujas qualidades relacionadas a travagem e manobrabilidade fossem únicas, uma máquina tão intuitiva nas reações como uma moto de competição, mas que permitisse uma fabricação em série". Transcrevo propositadamente as palavras usadas no histórico da empresa Honda, validadas pela mais alta instância do serviço de comunicação, para que possam avaliar a sutileza e a elegância da linguagem. O que quer dizer, num discurso mais trivial, produzir uma moto de competição com aparência de estrada. É isso que se chama de isca. É isso que se chama genialidade de marketing, aquilo que é preciso ter para permanecer nas posições mais altas da competição mundial.

Diz-se que Tadao Baba não era um engenheiro comum. Começou a trabalhar na Honda aos dezoito anos, em 1962 (quando a marca tinha apenas dez anos de existência), não percorreu o caminho clássico. Aprendeu o ofício com a mão na massa, que é sem dúvida a melhor das escolas, e começou a fabricar as cabeças de cilindros e os virabrequins das pequenas CB 72 e CB 77. Até desenvolver as técnicas mais inovadoras. Diz-se que ele próprio experimentava os seus modelos, que era um "homem impetuoso" e que por vezes caía nos testes, nas CBR. Que deviam derrubá-lo no chão como uma montaria derruba o cavaleiro durante um rodeio. Criou de fato uma lenda em torno de si. Sinto um calafrio na espinha. Só que Tadao Baba fazia os seus ensaios em pistas protegidas, concebidas para isso. E não, como foi o caso de Claude na terça-feira vinte e dois de junho de 1999, numa avenida muito movimentada do centro da cidade.

Tadao Baba também era poeta. Daqueles bem inspirados e sutis. Etéreo e elíptico, como alguns japoneses. Tinha mandado gravar no interior esquerdo da carenagem do modelo CBR 900 (uma particularidade desse famoso modelo de 1998 que Claude dirigia): "*For the people who want to know the meaning of light weight*".

Que se pode traduzir assim: "Para aqueles que querem conhecer o significado de leveza".

Todos os sentidos da palavra leveza.

Como se mandam gravar as iniciais no lado interno da aliança de casamento, com toda a discrição.

15. Por que é que a Honda CBR 900 Fireblade, orgulho da indústria japonesa, que Claude conduzia naquele dia vinte e dois de junho de 1999, era exportada para a Europa e não permitida no Japão

Então, como eu tinha visto de perto, como tinha sido obrigada a procurar aquilo que não era visível a olho nu, fiz necessariamente algumas descobertas, incluindo descobertas difíceis de engolir. Mas é o que se espera daquele que escava, que encontre ossos, por assim dizer. Nesse caso específico, o osso mais explícito é um acordo firmado entre o Japão e a União Europeia que permitia à França e a alguns outros países comercializar a Honda CBR 900 Fireblade desde a sua criação, em 1991, quando foi apresentada no Salon de la Moto de Paris, tendo sido um dos destaques dessa edição, quando ela continuava proibida no Japão, onde era considerada muito perigosa. Proibida para uso na cidade, reservada à competição. Um filme de quatro minutos, rodado no Salon, apresenta a nova *super sport*, cujos desempenhos eram comparáveis aos 1000 dessa categoria. Antes de as sucessivas modificações feitas desde então terem aumentado consideravelmente a relação potência/peso (cento e trinta cavalos/cento e oitenta quilos, para os conhecedores), o que lhe permitia atingir a velocidade máxima de duzentos e setenta quilômetros/hora no velocímetro para o modelo de que nos ocupamos aqui, ou seja, a versão de 1998, ou de quarta geração. Assim, Tadao Baba foi incentivado pela sua empresa a iniciar uma corrida inédita em favor da potência.

Que aquela moto não tenha sido comercializada no Japão por ser considerada muito perigosa não me desce. É o detalhe a mais, em que tropeço.

Sei disso desde a semana que se seguiu ao acidente, desde o dia do funeral, quando o cunhado de Claude, um motociclista experiente e figurão entre os instrutores de condução de motos, que tinha partilhado a infância na ZUP de Rillieux antes de se casar com a sua irmã Nicole, apareceu com bastante carinho e aquela bomba que eu não esperava receber, confirmada depois por certos amigos adeptos das duas rodas, que deram a entender tratar-se de uma coisa bem sabida no meio. Todos já tinham ouvido falar de acidentes com as CBR 900. Eram motos que eles qualificavam como *inadequadas para circulação*, feitas para a pista, para o circuito.

Paul me explicou que havia certos modelos proibidos no Japão, como a 750 Kawasaki Ninja, nos quais jovens franceses, italianos ou espanhóis de sangue quente se espatifavam, chamando-lhe com malícia de a "moto da morte" ou "caixão ambulante". Aplicava-se o mesmo à Honda CBR 900, uma máquina para iniciados, uma bomba para *kamizakes*. Proibidas para os nipônicos, que não tinham vontade de se mandar pelos ares, com as suas estradas que eram muitas vezes estreitas e sinuosas. A indústria fazia distinção entre a produção nacional e a exportação. Como todas as indústrias, mas essa com seus critérios estranhos. Paul me contou também que os motoqueiros franceses zombavam dos japoneses: *Temos motos melhores do que as deles, e são eles que as fabricam!* Como se fosse um privilégio, como se aquela liberdade assinalasse mais uma vez a superioridade do francês sobre todo o mundo. São eles que as fabricam, mas somos nós que morremos nelas. Um pouco como as armas que a indústria francesa envia para além-mar. Mas no caso da arma sabemos que é feita para matar.

Alguns amigos me incentivaram a processar o fabricante. Mas isso não teria mudado nada, e eu não queria passar o resto da vida tentando provar que um homem tinha morrido por causa de uma moto superpotente, teria passado pelo mesmo que aqueles que sofrem por terem inalado amianto, ingerido glifosato ou sido expostos a radiação durante o serviço militar no Saara argelino. Teria precisado reunir provas e mais provas, mandar realizar perícias, e nunca mais me livrado desse tema. Além disso, como provar que aquilo que é homologado pelo Estado francês é, na realidade, uma armadilha temível? Quem homologa o fato de uma moto construída para competição estar habilitada para circular em estradas na França, na Espanha ou na Itália? Homologado quer dizer o quê? A esse respeito, descubro que a relação de perigo, isto é, aquela equação peso/potência, não constitui um critério. São levados em conta pela DREAL (Direção Regional do Ambiente, do Ordenamento e da Habitação), responsável pelos pareceres: as setas, as luzes de freio, os retrovisores, a placa, as normas de poluição, os decibéis. Nada sobre a periculosidade, apesar de hoje em dia a segurança ter feito progressos consideráveis com o controle de tração, o controle de elevação da roda dianteira em arranque, um sistema de freios ABS, um modo de condução para dias de chuva... o que deve, afinal, limitar os estragos.

Claude deveria estar no controle do veículo, segundo o código de trânsito. O que foi todo o problema, voltaremos a isso adiante. Uma vez que não se conhece a causa do acidente, é o que afirma o relatório da polícia. Mesmo que pareça obsceno que o que é considerado perigoso para os japoneses não o seja para os franceses. Em virtude de qual tratado de exportação, qual balança comercial, quais trocas, qual globalização, quais critérios econômicos?

Passei bastante tempo investigando, minha cabeça girando em torno desse escândalo e dos vestígios ainda visíveis dessa anomalia. Refiro-me aos vestígios deixados na internet (mas naquela época não tinha internet e, por conseguinte, há poucas palavras), testemunhos, blogues, fóruns de discussão e mesmo revistas. Queria saber a qual conclusão se chegaria: teria sido Claude, teria sido a moto? Teria sido o tal destino de que falei anteriormente? Teria sido a imaturidade, a daquele que empresta, a daquele que toma emprestado? Teria sido uma mancha de óleo no pavimento, uma picada de vespa, o sol nos olhos, um gato que atravessou a estrada no momento errado? Teria sido a alegria, o entusiasmo que faz com que se acelere muito? Teria sido a angústia da mudança? Vocês sabem como é necessário atribuir culpas. Nem que seja a si mesmo.

Regressei ao local, considerei tudo, a trajetória leste-oeste, o pólen que voa dos plátanos durante essa estação, as duas faixas de pedestre, o ponto de ônibus, a localização das lixeiras, as vagas de estacionamento, o cruzamento com a rua Jacquier, os portões das residências burguesas ao longo da avenida, os nomes nas caixas do correio, em busca de um sinal.

E depois a moto acabou, essa Honda enganadora foi retirada do mercado em 2004. No site atual da empresa, uma maravilha elegantemente organizada, diz-se que ela deu lugar à CBR 1000 Fireblade, desta vez classificada como *esportiva* e já não de *estrada*, o que encerra o debate. O título escolhido para encabeçar a seção é *Uma potência absoluta*. Já não há confusão, passado obscuro também não.

Restam-me os sites da imprensa, do tipo *Auto Moto*, *Moto Journal* ou *Moto Mag*, nos quais os jornalistas publicam artigos e comentários. O que leio é eloquente, a saber, por exemplo, que a Honda CBR 900 "permite, por sua conta e risco e em condições verdadeiramente abomináveis, um pequeno 260 no velocímetro". Familiarizo-me com a terminologia da catástrofe, esse lirismo do risco corrido que deve galvanizar o potencial candidato com grandes emoções.

Um jornalista acrescenta: "A Honda CBR 600 era agressiva, mas faltavam a esse modelo os cavalos necessários para torná-la perigosa. Com o motor da Honda 900 CBR, vamos além dos limites".

E para sustentar esta revelação interessante: "O quatro cilindros em linha vindo da CBR 900 de 1991 foi melhorado para ganhar em potência e agressividade. Com uma aceleração súbita, rapidamente entra em elevação da roda dianteira. Os iniciantes deverão optar por um modelo mais adaptado, para não se assustarem, ou pior".

Sic.

O que sucedeu a Claude, ao arrancar num semáforo. Uma empinada, depois uma perda de controle, e, depois, efetivamente, o pior. O mesmo anunciado com muita seriedade nos artigos de um jornal sobre motos.

Wheeling, a empinada, significa elevação da roda dianteira. Na época, ninguém (a não ser os motoqueiros) usava essa palavra com tal sentido. Atualmente está na boca do povo, com os recentes rachas nos subúrbios, que não são mais do que concursos de *wheeling* a alta velocidade.

Não me conformo que a minha vida tenha se reduzido a isso,

a esse tempo que passei tentando reunir informações em sites de motos. Procurava uma pequena comunidade que, como eu, tivesse conhecido o custo da periculosidade daquela Honda. Mesmo não querendo ser vítima: queria apenas ter a confirmação da minha intuição. Tentei fazer perguntas cautelosas, sob um pseudônimo, passei a ser *Carburador Assassinado*. Esperei que me respondessem, que me informassem, tinha medo de desmoronar com os testemunhos, mas nunca ninguém deu sinal de vida, o que me pareceu muito estranho. Como se houvesse uma vontade de apagar as más recordações. Como se tivesse sido feita uma seleção entre o correto e o impensável. Por quem teria sido feita essa seleção?

Aquilo me custava muito, pois não era do meu feitio conversar com motoqueiros que não tinham outro assunto a não ser histórias de cavalos sob o motor, como por vezes ironizava Claude. Mas era uma passagem obrigatória, uma das peças-chave do quebra-cabeças que eu começava a reconstituir.

Imagino a moto que sai das oficinas da Honda, em Osaka, nesse ano de 1998, o transporte em caminhão, estrada, autoestrada, estrada costeira por cima do porto, carregamento num cargueiro. Formalidades da alfândega. Onze dias de travessia, mar e oceanos tempestuosos, tripulação. Canal de Suez. Mediterrâneo. Oceano Atlântico. Chegada ao porto de Havre. Descarregamento, guindastes, estivadores, gaivotas, piquete de greve desmontado *in extremis*, armazenamento nos entrepostos antes da autorização de importação. Carimbar as guias de entrega, desembaraço aduaneiro, carregar num caminhão da marca Renault, motorista de longas distâncias, que adora aquilo, entregar motos, ele próprio é um motoqueiro, é um polonês, é a Europa. Homologação. Armazéns Honda nos subúrbios parisienses. Um veículo encomendado pelo meu irmão, entrega feita no outono de 1998 numa concessionária de Lyon. Outubro, novembro, dezembro, janeiro, fevereiro, março, abril, maio. Na garagem do meu irmão, longe, inexistente, inofensiva. Depois, subitamente, guardada na minha casa, na nossa casa, na garagem da casa nova, para a qual devemos mudar no sábado dia vinte e seis de junho de 1999. Entra pela porta, invasão.

Eu resumo.

A casa, as chaves, a garagem, a minha mãe, o meu irmão, o Japão, Tadao Baba, a semana de férias, Hélène, os meus autógrafos. Já começou a ser uma confusão danada.

16. Se eu não tivesse feito o favor ao meu irmão

Podemos nos perguntar sobre essa ideia tão simples de fazer um favor. O que é meu é também um pouco do meu irmão. Desde a infância. Dou, tomo, entrego. Uma vez você, outra eu. Somos família, brigamos, desdenhamos, às vezes nos insultamos escondido por causa de convicções políticas, outras por causa dessa incompatibilidade. O grande amor que existe pode se tornar também um mar agitado. Entra-se em discussão, muitas vezes nem dá para acreditar no que se ouve, mas, mesmo assim, se comemora o aniversário do irmão mais novo. Isso se salva. Há trocas de farpas, não nos compreendemos, a coisa azeda consideravelmente quando um dos dois defende a sua opinião, nos atiramos um contra o outro, e, no entanto, arrumamos tudo para oferecer um presente aos nossos pais. Passamos por cima das teimosias, dos distanciamentos, fechamos os olhos às escolhas da vida, somos tolerantes. É palavra sagrada, a tolerância. Tolera-se porque somos irmão e irmã. Mas precisamos mesmo nos tolerar? Não me considero mais esperta. Às vezes me armo por ser a irmã mais velha, me recrimino por ter esse tom superior que acaba escapando. Fico me censurando por fazer parte da esquerda moralista. *Se gosto tanto dos imigrantes, por que não vou viver com eles?* Moralista. Se tornou islamoesquerdista com o tempo. É esse tipo de provocação, coisas do gênero. Irmão e irmã, apesar de tudo. Mesmo contorcendo a barriga, mesmo tapando o nariz.

O meu irmão me faz aproveitar os preços que ele sabe negociar nas lojas, o que não consigo fazer. Eu o aconselho, quando ele tem vinte anos, a não se alistar para a guerra do Líbano. Um conselho para não aceitar produtos roubados. Ele me abastece de peças para o automóvel, eu tomo conta da filha dele às quartas-feiras.

Ele anda de moto, como Claude, gosta das esportivas, obrigado, já tínhamos percebido, Claude circula tranquilo em *customs* inofensivas, às vezes falam de mecânica, condução e equipamento. Têm o seu território definido, a sua zona de conversação, as suas conivências de cunhados. Os seus bons negócios nas companhias de seguros.

Eu teria podido dizer não? Não, não vai deixar a sua moto na minha garagem. Não, não me parece uma boa ideia. Mas eu não sentia nenhuma reticência, nenhuma reserva, nada me perturbou, nada mesmo. Pelo contrário, fiquei satisfeita em poder fazer um favor, tão feliz por ter finalmente conseguido comprar aquela casa, aquele local inesperado que iríamos reformar durante os meses de verão e todo o ano seguinte. Fiquei satisfeita por fazer um favor ao meu irmão, que não tinha os meios para comprar uma casa assim. Ao mesmo tempo, comprava motos de dez mil euros. Complexo, talvez, sentimento de culpa da que teve os meios para fazê-lo, embora, claro, eu me lembre de ter dito a quem quisesse ouvir que a casa era de todos, um comunismo de um novo tipo, que incluía a propriedade privada.

O meu irmão guardou a sua muito volumosa Honda na garagem, ou antes no cômodo térreo que seria a futura sala de estar, no final da sexta-feira do dia dezoito de junho. Prendeu uma corrente antirroubo das mais robustas à roda da frente, que passou em torno de um pilar (o cômodo era um antigo estábulo – viam-se ainda as marcas das manjedouras nas paredes –, e, por cima, um estrado para guardar feno cujo peso, com o tempo, tinha feito abaular as vigas, o que iria requerer a instalação de escoras, conforme tinha explicado um pedreiro a quem eu perguntei, alguns anos mais tarde, se podia retirar aqueles pilares que ficavam bem no meio da sala), declarando que nem pensar que lhe roubariam aquela moto. Acariciou o assento da sua máquina como se afaga a garupa de um cavalo, com aquele afeto que dispensava às suas montarias, e afastou-se como que com relutância. A mulher o levou para casa de carro. Saiu de férias tranquilo, com a mulher e a filha, mas sem o nosso filho, e ficou combinado que ele viria buscar a moto na volta, uma semana depois.

Claude disse ao nosso amigo Marc, com quem tínhamos passado algum tempo no domingo debaixo da cerejeira, experimentando os móveis de jardim que tínhamos acabado de comprar no mercado de pulgas, Claude disse, apontando para a moto cuja presença maciça perturbava a atmosfera do térreo: *Aquilo nem pensar, uma verdadeira bomba, ninguém pode tocar nela.*

Marc me disse isso depois.

17. Se Claude não tivesse levado a moto do meu irmão

Marc me disse que não compreendia o que tinha acontecido para Claude ter mudado de ideia.

O que é que deu nele para ir trabalhar na manhã de terça-feira, dia vinte e dois de junho, com a moto do meu irmão e não com a sua própria moto, a sua inofensiva Suzuki, na qual andava *tranquilo*, como ele dizia, guardada na garagem em frente à escola primária. O que aconteceu?

Deve ter hesitado longamente, pois para pilotar a Honda CBR 900 era preciso fazer um seguro nominal. Foi o que o meu irmão disse uma vez, creio eu. Nenhuma companhia queria correr o risco de segurar aquela moto especial, aquela moto esportiva superpotente.

Creio que era um modo de nos impressionar, de acentuar o fato de ele andar numa moto que não era como as outras. Era o símbolo de distinção de que o meu irmão tinha sem dúvida necessidade. Ou então era uma maneira de nos dizer que se punha em perigo e que deveríamos nos preocupar com ele.

O meu irmão devia pagar uma quantia enorme. Já não me recordo do nome da seguradora, para a qual liguei na semana seguinte ao acidente, para verificar se Claude tinha feito o necessário. O que teria mudado o caso de figura; no plano estritamente financeiro, claro. La Mondiale, lembro-me agora. O agente da La Mondiale respondeu que não, que ninguém com o nome Claude S. tinha feito um seguro, qualquer que fosse, naquele dia. O que me deixou perturbada, pois não era do feitio dele agir de forma imprudente.

Ele ter levado aquela moto, a respeito da qual afirmara, dois dias antes, que era uma bomba em que não se podia tocar, me pareceu um mistério difícil de esclarecer. O fato de que ele não fez o seguro me deixa perplexa. Há alguma coisa que não se encaixa. Com o passar do tempo, eu me perguntei se o agente de seguros não teria mentido, que prova tinha eu, afinal, não passou de uma conversa telefônica, e na época não havia registro de chamadas no telefone fixo. Eu deveria ter solicitado o registro à France Telecom, mas estava muito abalada para tomar tal medida. Acreditei na palavra do atendente. Não me ocorreu contestá-la. Nem sequer pensei nisso.

La Mondiale, a renomada seguradora, que cobria aquelas motos, puros produtos do que a globalização tem de mais repugnante.

Tentei muitas vezes reconstituir o último dia de Claude.

Levanta às sete horas, acorda o nosso filho depressa. Café da manhã em silêncio, com o cabelo despenteado. O rádio tocando no fundo. Claude vira a xícara de café, como acontece na maioria das vezes. O nosso filho começa com o tropel de palavras. A mamãe volta esta tarde? Ela vem de trem? Ela estará aqui na hora do jantar? (Imagino que ele tenha feito esse tipo de pergunta, como Claude me disse um dia, só fala de você quando não está, e ao contrário era a mesma coisa, quando estava comigo falava muito do pai, queria saber de tudo.) Vamos ver a casa nova? Vamos levar mais brinquedos para lá?

Posso mostrar a casa ao Louis? É também por isso que é conveniente ter dois pais, cada um testemunha esse amor que o filho sente pelo outro. Essa felicidade de ser testemunha e confidente.

Um banho demorado para Claude, com água muito quente, ele sonhava com aquele chuveiro de boca larga, que faz a água cair como uma cortina e que pretendia instalar na casa nova. Banho rápido para o nosso filho, que preferia passar entre as gotas. Sequência de roupas. Ele provavelmente põe as roupas da véspera, a mesma calça, a mesma camiseta. A menos que. Os sapatos são calçados às pressas, ou, mais simples, prefere as sandálias com velcro. As peças de roupa que Claude levava, o hospital vai entrega-lás num saco de lixo, que não me atreverei a abrir na noite seguinte. A camisa com duas casas de botão rasgadas, a jaqueta de motoqueiro cortada no sentido longitudinal.

A descida apressada, pois estão atrasados como todos os dias. Claude levava o filho todas as manhãs, era prático, a escola na frente da garagem, estou me repetindo, sim, estou me repetindo, mas faz apenas vinte anos que vejo a cena em repetição. A corrida em passos curtos pela calçada da esquerda, a mochila leve balançando nas costas, é fim do ano letivo. O filho à frente do pai (cheguei a observá-los enquanto desciam, da janela do banheiro onde me arrumava, com algum atraso). Creio que era o momento perfeito, eu atrás da janela a envolvê-los de ternura com o olhar, a expressão não é descabida, estava ciente de toda aquela beleza, aquela sorte que eu tinha. O beijo rápido diante do portão da escola não ficava no meu campo de visão, ou a mão nos caracóis do cabelo, ou ambos. Não sei como se despediram naquela manhã.

E depois?

A opção simples e lógica, normal e preferível: atravessar a rua em frente à escola, descer alguns degraus, cruzar um pequeno pátio, percorrer trinta metros, abrir a porta basculante de inox da garagem comum. Abrir caminho entre os carros, os reboques, e retirar a sua Suzuki 650 Savage, o que exigia uma perícia especial. Vestir as luvas, pôr o capacete. Fechar a garagem. Dar uns passos no pátio com o capacete na cabeça. (Vocês certamente já repararam como os motoqueiros ficam com um ar desajeitado quando se transformam em pedestres, e guardam o equipamento. Com aquele capacete volumoso e aquele ar de extraterrestre.) Ligar a moto depois de dois ou três golpes de pé (já não sei se a Savage tinha um motor de arranque elétrico, mas não me interessa, gosto de recordar esse gesto único, essa forma de pôr o peso do corpo sobre o pedal para que a faísca se produza, gosto de rever a silhueta de Claude no que ela tinha de mais familiar, de mais singular, e que o teria diferenciado entre mil, aquela mistura de virtuosismo e de proximidade com a sua máquina, aquele golpe de conhecedor que faz arrancar o motor monocilíndrico a uma ordem sua) e ir para o emprego. Isto é, percorrer quase quatro quilômetros e meio pelo centro da cidade, atravessar a ponte da Boucle sobre o Rhône, seguir pela avenida dos Belges, depois a rua Garibaldi, entrar na avenida Vivier-Merle diante da estação Part-Dieu. E chegar à discoteca um pouco antes das nove horas.

Em que momento Claude percebeu que estavam reunidos todos os elementos para divergir deste cenário? Em outras palavras, subir até a casa nova, a seiscentos metros, e pegar a moto do meu irmão, acorrentada ao pilar. Será que ele tinha premeditado? Na véspera, durante a noite, no silêncio do telefonema que não fiz?

Ou teria se dado conta de que todos os sinais estavam verdes, por assim dizer, na manhã do dia vinte e dois de junho, depois de ter deixado o filho na escola? Teria se deixado levar pela luz desses primeiros dias de verão, o calor, o perfume das tílias em flor, o céu de um azul inebriante, que multiplica a alegria e a energia?

Teria tido um *flash*, no momento de abrir a porta de inox da garagem, teria sentido certa liberdade por estar sozinho, muito livre e muito jovem de repente, livre e ligado ao ardor dos seus vinte anos que o assaltaram como um *flash*, por – é uma hipótese – não ter a mulher nem o filho no seu campo de visão, teria sido o meu afastamento que o influenciou, o meu afastamento geográfico, mas também o afastamento mais profundo daquela que conquistava o mundo literário em Paris, talvez ele devia ter começado a sentir que mudava forçosamente, ainda que de modo minúsculo, a sua perceção das coisas?

Teria tido ele simplesmente um daqueles desejos de rapaz, arcaico, visceral, de pilotar uma grande máquina, de oferecer a si mesmo uma sensação para se lembrar depois, uma injeção de adrenalina, como o estímulo que provoca por vezes o *rock'n'roll*, ao qual ele nunca renunciara?

Estava ali, agora, ao alcance da mão, experimentar uma moto como qualquer homem experimenta um carro de alta cilindrada, fazer roncar o motor, fazer cantar os pneus. Não é esta a imagem que tinham transmitido todos os filmes de ação desde que o cinema existe, enaltecendo aqueles heróis que se entregam a corridas de perseguição tão básicas quanto empolgantes – tanto para o condutor como para o espectador – e que perpetuam uma das histórias mais universais conhecidas do homem moderno, à base de velocidade, risco, virilidade (uma vez mais), cujo destino muda com o aparecimento do motor a combustão, e do famoso carburador, o tal que ocupa toda a minha paisagem interna? *Carburador assassinado*. Carburador assassino.

O desejo de se tornar aventureiro surge numa manhã de terça--feira às oito horas e suscita em Claude uma série de transgressões. Não se trata de *Mad Max*, é menos espetacular, é uma espécie de escapada selvagem durante o horário escolar.

Claude, o elegante, o sofisticado, o discreto, o modesto, era o seu outro rosto, o seu lado B. Eu também o amava por isso.

A lógica dos outros é um mistério, o que se passa no cérebro deles faz pensar, falar, escrever durante anos. Como se transforma uma atitude razoável, previsível, a que se pode chamar adulta, numa atitude transgressora e extravagante. O que faz de alguém um pequeno-burguês num momento, que contrai um financiamento no banco, um bom pai de família, e, no outro, um rebelde pronto para ir às vias de fato, a *ir com tudo*.

Está muito calor, não vá.
Não suba a rua. Não sente o perigo?

Claude percorreu os seiscentos e cinquenta metros (acabo de verificar no Google Maps) até a casa nova (ou casa dos Mercier), capacete debaixo do braço, jaqueta de motoqueiro nas costas. A subida é íngreme. Ele caminha com a perna direita ligeiramente torta, o que eu notei quando tinha dezessete anos, na primeira vez que ele foi me buscar no colégio com a sua moto. Isso exige esforço. É preciso estar determinado para fazer uma subida tão difícil como a do Belvédère. É preciso ter decidido. Ele avança, custa-lhe um pouco. Talvez até pare na rua, e depois retome. Não imagino que faça isso. Vejo desfocado.
Alguma coisa está errada.

Ele desprende a Honda CBR 900 que aguardava na garagem, esse lugar obscuro e nada hospitaleiro no qual ainda não tinha sido instalada a porta de vidro que mandei pôr anos mais tarde.
Subiu na moto e certamente teve dificuldade para deslocar os cento e oitenta e três quilos (três vezes o seu peso); mesmo que Tadao Baba tenha se esforçado para conseguir uma cilindrada ultraleve, ainda assim era preciso saber manejá-la.
Arrancou. Arranque elétrico, informação verificada.
Mas como conseguiu as chaves? (E já nem falo dos documentos.)

As chaves, insisto arduamente, como as terá obtido? Não me recordo que o meu irmão. A menos que.

Se eu tivesse telefonado na véspera à noite, do *meu* sofá parisiense, algo na minha voz o teria impedido de levar a moto?

Não há nada além de perguntas terríveis.

18. Se Stephen King tivesse morrido no sábado dezenove de junho de 1999

Procurei o acontecimento, a notícia, o bater de asa de uma borboleta ou a curiosidade de repercussão internacional que poderia ter desviado Claude, e evitado que ele pegasse a Honda. O que teria sido necessário para que Claude ficasse de sobreaviso, que revelação, que título nos jornais, para que ele sentisse o cheiro do perigo que pairava no ar naquele dia.

Quis fazer o levantamento de tudo o que tinha acontecido no mundo na véspera do vinte e dois de junho de 1999, na antevéspera, e no dia anterior à antevéspera, que poderia contrariar o destino, que poderia lhe dar consciência da fragilidade dos dias, que poderia assustá-lo, causar um medo da morte, daqueles que nos colocam na linha. Mas não encontrei senão bobagens, relatos da rotina um pouco mole que tomou conta do planeta durante todo aquele final do século XX.

Não encontrei senão resultados esportivos pouco surpreendentes, como o fato de a Austrália ter ganhado no críquete do Paquistão, considerações econômicas tediosas, do tipo Elf perde a batalha pelo controle da petrolífera Saga, informações de política internacional, encontrei notícias sobre os médicos inspetores de saúde pública que protestavam e exigiam mais recursos para os hospitais. Vi que o escritor Mario Soldati tinha morrido, tinha esquecido, afinal de contas, era Mario Soldati, isso poderia ter tido algum impacto, mas ele faleceu aos noventa e dois anos de morte natural, nada de escandaloso, nada que provocasse um calafrio na espinha, vi que Jacques Chirac tinha acabado de obter cinquenta e oito por cento de aprovação segundo a última sondagem do IFOP, que o G7 se reuniu em Colônia e decidiu reduzir a dívida dos países pobres, vi que jornalistas foram presos no Irã.

Fiquei desiludida, queria encontrar uma razão para deter o curso das coisas, retroativamente, mesmo depois de todo esse tempo, dar uma nova oportunidade à história de se desenrolar de outro modo, havia com certeza em todos aqueles acontecimentos, naquela orgia de informações mais ou menos essenciais, pelo menos uma capaz de cortar o ímpeto de Claude. Folheando um velho volume de vinte anos do *Nouvel Obs*, eu me deparei com uma página que falava da morte prematura de Élie Kakou no dia dezenove de junho de 1999. Élie Kakou, o nome me dizia alguma coisa, e quis me aproximar daquela morte, trinta e nove anos era quase a mesma idade de Claude, mas naquele caso tinha sido aids, já não me lembrava. Élie Kakou, recordei depois, era Madame Sarfati, da comédia famosa, aquela que tínhamos visto com a sua família durante umas férias no Sul, e que fazia todo mundo rir porque dizia que tinham deixado tudo "lá", os retornados das colônias como Claude e os pais, e que tinham vindo com "uma mão na frente e outra atrás", essa expressão que a mãe dele empregava, com o sotaque e aquele sentido do ridículo que a caracterizava. Tudo me reconduzia a Claude, mesmo não tendo a morte de Élie Kakou servido para nada. Parava tudo para ver os esquetes de comédia de Élie Kakou no computador, trancada no meu escritório, o pequeno cômodo virado para os fundos que se tornara o meu escritório, e sorria ao vê-lo interpretar a cena do *kibutz*, clicava e ria, grande Élie Kakou, ele devia ter penado com aquilo. Passava de vídeo em vídeo, era mais fácil do que escrever, mas era em vão, a morte de Élie Kakou não poderia ter evitado a de Claude. Pelo menos sorria pensando em Claude, passava muito tempo no YouTube, estava muito longe, à deriva, e me dava conta de como vinte anos depois o amor ainda me atravessava.

Não renunciava, perseguia o acontecimento, não era possível que nenhuma curiosidade tivesse virado notícia, nenhum escândalo, nenhuma tragédia tivesse influenciado Claude naquele dia, que a asa da borboleta não tivesse acabado por tocá-lo. O anúncio do encerramento da central de Chernobyl não mudaria nada, a semana eufórica na Bolsa de Paris, também não, a acusação de Claude Evin de homicídio culposo no caso do sangue contaminado, ainda menos.

Estava irritada, meu desejo era contar com alguma notícia que levasse à reviravolta, essa que, passo a passo, teria chegado até a consciência de Claude e o teria impedido de caminhar até a casa dos Mercier.
Tinha certeza de que essa informação existia, tentava me lembrar. Depois da digressão com Élie Kakou, folheava agendas, investigava os arquivos dos jornais, esses números do *Le Monde* datados de 1999 (nos quais Claude tinha por vezes escrito) que eu trouxera na mudança, que eu guardara numa caixa ao alcance da mão, dizendo a mim mesma que um dia encontraria ali como que um rastro dos últimos dias que Claude vivera, encontraria ali como que um humor da época, uma atmosfera que me ligaria a ele e que eu não queria por nada

esquecer. Tinha guardado também números do *Libération*, a coleção inteira da *Les Inrockuptibles*, da *Rock & Folk* e da *New Musical Express*, de toda aquela imprensa de que ele se alimentava.

Naquele dia, como vinha sendo frequente, eu não escrevia, eu só folheava jornais, assistia a vídeos, vagava, tentada pela ideia de parar com tudo mais uma vez. A minha busca parecia uma loucura, servia para quê, afinal de contas?

E então encontrei um artigo que relatava o acidente de que tinha sido vítima Stephen King três dias antes do de Claude, no sábado dezenove de junho de 1999, por volta das dezesseis horas e trinta minutos, quando fazia a sua caminhada diária pelos campos do Maine, onde vivia. Lembro que isso nos tinha abalado, tinha esquecido por completo, Stephen King tinha sido atropelado por uma van, jogado na direção da vala, e ficou gravemente ferido, inconsciente, com fraturas múltiplas, costelas partidas e um pulmão perfurado.

Claude era um leitor de Stephen King, mas, sobretudo, um apaixonado pela obra *O iluminado*, à qual fizera alusão quando tínhamos comprado a casa, relativamente isolada, e cuja música do filme (de autoria de Wendy Carlos) o tinha marcado a ponto de fazer dela tema de estudo para os seus alunos (era por vezes chamado para dar aulas, aqui e ali).

Quando recebemos a notícia do acidente de Stephen King, nos perguntamos quais títulos dele tínhamos em nossa biblioteca, mas os livros já estavam encaixotados, e inclusive já tinham sido transportados para a nossa nova morada.

Essa era a informação que poderia ter dissuadido Claude de se colocar em perigo, se tivesse sido mais grave. Stephen King ferido com gravidade não bastava, teria sido preciso que ele morresse.

Ele tinha sido resgatado de helicóptero e os jornalistas do mundo inteiro estavam às portas do hospital onde os cirurgiões hesitavam em lhe amputar uma perna. Tinha sido por um triz, ele ficou bem machucado, mas estava vivo. Ora, isso faz toda a diferença, nos lembra de que a morte está escondida em algum lugar, mas provoca esse grande arrepio inverso, que excita mais do que acalma os ardores. O que eu saberia mais tarde, uma vez que só eu continuaria descobrindo coisas, é que foram prescritos a Stephen King aqueles famosos comprimidos contra a dor que o fariam mergulhar de novo na dependência, e que ele desenvolveu uma relação fetichista com o número dezenove, por aquilo ter acontecido em dezenove de junho, como eu prestava agora um culto inquieto ao vinte e dois.

    Stephen King tinha escapado, esteve à beira da catástrofe que teria sem dúvida levado Claude a pensar duas vezes, detestei Stephen King, creio, por ter se safado e por nunca ter feito nada por mim.

19. Se aquela manhã de terça-feira tivesse sido chuvosa

Não me tinha ocorrido a ideia de que aquela manhã de terça-feira poderia ter sido chuvosa. Por vezes basta um elemento muito simples para que a vida tome outro rumo. Tão simples e trivial como a meteorologia. É desconcertante. Para dizer a verdade, nunca tinha pensado nisso. Damos como certo que junho é esplendoroso, ameno e luminoso, sobretudo em Lyon, onde a temperatura pode aumentar vertiginosamente por volta do solstício de verão. Com trovoadas ameaçando todos os finais de dia, os organizadores do festival Noites de Fourvière são testemunhas. Recordo-me de um show dos Tindersticks tão encharcado que Stuart Staples, o vocalista, deve ter se sentido feliz por ter levado ao palco o casaco grosso de *tweed* de que raramente se desfaz e lhe dá aquele ar britânico. Ficou frio tão de repente, e a chuva era tão intensa, que eu comprei uma capa transparente de um vendedor ambulante que percorria o anfiteatro, capa que tenho sempre no fundo da mochila quando vou fazer caminhadas. É a minha capa Tindersticks, Claude teria adorado.

Não tinha pensado que o dia vinte e dois de junho de 1999 poderia ter sido um dia chuvoso, frio e simplesmente desagradável. E, pelo menos uma vez, a chuva teria tido um papel benéfico na minha vida, a chuva teria nos abençoado, teria me surpreendido na chegada do trem, no regresso de Paris, teria encaracolado os meus cabelos e teria apressado o meu passo até o ponto onde eu teria pegado o último ônibus para o apartamento. Eu teria chegado encharcada, de muito mau humor, mas teria esperado pelo jantar e Claude teria aquecido a refeição que tinha preparado, talvez o chilli com carne que era um dos seus clássicos, mesmo sendo pouco provável que, em plena mudança, ele tivesse tido tempo para cozinhar.

Se tivesse chovido naquela manhã de terça-feira, o que Claude teria decidido?

Podem apostar que não teria tido o esforço de subir até a casa dos Mercier para desprender a Honda do pilar, é possível imaginar sem dificuldade que, depois de levar o filho à escola, ele teria olhado para o céu, torcendo o nariz e se protegendo sob um guarda-chuva, teria virado para sul e para oeste, uma vez que é assim que se vê o tempo quando se mora em Lyon, examinando o horizonte do lado do vale do Rhône e da refinaria de Feyzin, em busca desse raio de luz que surgirá na distância e trará a esperança de uma abertura de tempo. A abertura, essa palavra que me faz pensar na canção do grupo Marc Seberg, e do vocalista Philippe Pascal (também ele filho da guerra da Argélia, que se suicidou há pouco tempo), que Claude cantarolava com frequência.

Mas isso era antes, antes do fim do século, quando não se consultava a meteorologia pelos celulares, era quando interrogávamos o céu e os pontos cardeais, tentando equações aleatórias que combinavam a direção do vento, a forma das nuvens, e proferíamos muitas preces.

Claude teria erguido a cabeça para o céu, como fazia todas as manhãs ao abrir a janela do quarto. Esticava a mão para a rua, num gesto ridículo que nos fazia rir juntos, como se fosse com a mão que se avaliava a temperatura do ar e a confiabilidade da previsão. Todas as manhãs, ele estudava a atmosfera com apreensão, como se a sua vida dependesse disso, porque montar numa moto com tempo úmido não era o mesmo que conduzir calmamente pelas estradas costeiras argelinas. Era uma forma de me recordar que ele não estava verdadeiramente aqui, que a sua presença acima do paralelo quarenta e cinco era um erro, e ele tinha razão, se o vento da história não o tivesse empurrado para a margem norte do Mediterrâneo, ele nunca teria precisado se preocupar com aquilo a que se chama meteorologia nos países temperados. Teria vivido sua vida de mangas curtas no sopro do ar eternamente morno, teria andado de pés descalços e conduzido sem capacete. Em vez de calçar botas e tremer de frio de novembro a maio.

Se tivesse chovido naquela manhã, Claude teria atravessado a rua que leva às garagens, teria parado para pensar, teria suspirado, teria enterrado o pescoço nos ombros, teria coçado distraidamente a barba de três dias. Teria sem dúvida desprendido a Suzuki Savage, depois de ter hesitado em pegar o ônibus que passava a cem metros, não teria conseguido se resignar a esperar por esse ônibus que, no entanto, o teria conduzido diretamente ao escritório sem uma baldeação sequer, e quando penso nisso hoje, me parece um exagero tamanho que fico comovida. Pegar o ônibus era a pior das frustrações. O tempo, o protocolo, era um cerimonial que não combinava com ele. Horários, passagens, fazer parte da manada sem poder agir, era um pouco o seu terror, e aquela posição vertical, de pé segurando a barra, com aquele grande corpo que creio poder dizer que o irritava. O ônibus não era coisa para ele. A moto era a linha de fuga ideal, perfeitamente adaptada à vida urbana que ele apreciava, dando a ele aquela sensação de independência que o tranquilizava. Andar a pé não era o seu forte, nem na cidade nem na montanha.

Com as duas rodas encontrou o seu centro de gravidade, o seu ponto de equilíbrio.

Tinha começado a andar de bicicleta na mais tenra idade, e penso de novo naquela fotografia onde ele está no triciclo na varanda argelina. Quando chegou na França, os pais tinham dado a ele uma bicicleta infantil; depois, na adolescência, ele tinha comprado uma *mountain bike* de segunda mão, com a qual fazia manobras complexas junto das torres do seu bairro, deslizava depressa pelas descidas e corria riscos, inclusive na rua, segundo tinha me contado o seu amigo Alain, que morava no mesmo prédio em Rillieux-la-Pape e dividia com ele o seu tempo livre e os seus discos. Depois, Claude tirou a carteira de moto, e isso foi o início de outra história.

Se tivesse chovido naquele dia vinte e dois de junho de manhã, Claude teria desistido de subir a rua, por onde a água teria criado riachos. Não teria molhado desnecessariamente os sapatos (gostava tanto dos sapatos, reparo que o hospital não os devolveu), não teria caminhado no meio da água até chegar à casa dos Mercier. Teria pensado que não valia a pena ligar a Honda 900, corria o risco de derrapar, disso tenho certeza, não teria desejado estragar aquele prazer que tinha reservado a si mesmo, não teria dirigido naquele clima hostil, com todos os pingos que teriam se unido em fios finos caindo sobre a viseira do capacete até cegá-lo, o resultado não valeria o esforço.

Não, ele teria feito os gestos que realizava todos os dias, teria aberto a porta da garagem, teria se esgueirado até a moto, teria tirado o equipamento de chuva de uma das bolsas de couro presas à traseira da Suzuki, teria vestido tudo a contragosto, porque é assim que se colocam as proteções de chuva e as botas, com rancor para não dizer com tristeza, teria subido o fecho até o queixo, teria tido consciência de que aquele trajeto até o trabalho não lhe proporcionaria nenhuma emoção, o exato oposto do que se espera de uma manhã de junho sobre duas rodas, nem inebriamento nem paz, nem disponibilidade para o imprevisto, não, ele teria tido dificuldade em se mover dentro daquela roupa plastificada de que não gostava, comprada na feira de equipamentos de moto de segunda mão que acontece todo primeiro domingo do mês em Neuville-sur-Saône, à qual íamos quando estávamos à procura de um acessório ou de uma peça muito cara na loja, e pelo prazer de vasculhar as bancas e fazer parte, no espaço de uma ou duas horas, de uma comunidade que frequentávamos apenas em doses muito reduzidas.

Claude teria engatado a primeira, teria descido para a rua entre os fios de água e teria dirigido, desanimado, até a discoteca, onde teria chegado um pouco desolado. Esse teria sido um dia em que não teria despertado a admiração dos colegas, em que nenhuma moça teria virado quando ele passasse, em que a própria marca do *rock'n'roll* teria abandonado a sua silhueta. Ele teria prendido a moto no espaço reservado do estacionamento, depois teria avançado com a sua proteção escorrendo, teria perguntado ao segurança na guarita se podia deixar a roupa secando em algum lugar num corredor, eles teriam tido aquela conversa cúmplice a propósito da meteorologia, ele teria dito que afinal era o segundo dia de verão, que felizmente não tinha sido na véspera, durante a Festa da Música, teriam apostado que aquilo não ia durar, e com efeito aquilo não teria durado, duas horas mais tarde a pressão atmosférica teria diminuído e a chuva teria se acalmado, ao mesmo tempo que começaria a soprar um vento do norte, fraco mas perfeito, o que era preciso para dissipar as nuvens, e a luz teria surgido, forte e cintilante, e as andorinhas teriam retomado seus rodopios sem fim entre os prédios, e seus gritos teriam reverberado nas fachadas e teriam entrado pelas janelas da sacada do escritório, que Claude teria aberto para acolher o verão.

Mas, naquela terça-feira vinte e dois de junho, o tempo estava bom, um bom tempo normal para a estação. E Claude tinha subido até a casa dos Mercier.

20. Se Claude tivesse ouvido *Don't Panic* do Coldplay, e não *Dirge* do Death in Vegas, antes de sair do trabalho

Claude tinha chegado ao trabalho na grande Honda preta e dourada, e o segurança na guarita do enorme transatlântico que é a biblioteca municipal de Lyon tinha assobiado de admiração, impressionado. *Está preparado para as 24 horas de Le Mans?*, brincou, misturando um pouco as coisas.

Depois de um início de percurso profissional não muito auspicioso – já que ele tinha arranjado trabalho no serviço de compensação interbancária do Banco da França, levado pela necessidade de alcançar a independência financeira após o regresso do serviço militar – depois dos inícios "fora da casinha", como ele dizia, rindo de si mesmo, Claude ficou sabendo de uma vaga prestes a abrir na discoteca, um local que frequentava como usuário (esta palavra que o fazia empalidecer) e aonde me levava com frequência aos sábados.

É preciso lembrar que nessa época, antes da internet, os únicos formatos de som eram o CD e o vinil, e a forma de copiá-los era a fita cassete. Não se ouvia o que se queria ou quando se queria. Era preciso esperar que Bernard Lenoir destilasse as suas músicas na rádio, que os críticos de *rock* Arnaud Viviant, JD Beauvallet, Bayon ou Michka Assayas nos guiassem. Comprava-se muito naquelas lojas da rua Mercière ou nas subidas da Croix-Rousse, onde gastávamos uma grande parte do nosso tempo e do nosso dinheiro. Encomendávamos as importações caríssimas, que por vezes demoravam semanas para chegar dos Estados Unidos ou do Reino Unido, que aguardávamos como crianças. E frequentávamos a discoteca municipal, de onde se podia trazer emprestados três discos por semana.

 A felicidade dependia dessas escolhas limitadas que nos eram oferecidas e do receio de nos enganarmos. Dessas descobertas que fazíamos por acaso, quando os discos que queríamos já tinham sido emprestados. A felicidade dependia desse desejo que experimentávamos e que a espera aguçava. A felicidade era o pouco, era o raro.

 Para conseguir aquele emprego que ele desejava mais que tudo, Claude começou a estudar história da música, clássica e popular, porque tinha de se preparar para o concurso da função pública que lhe permitiria deixar o banco e mergulhar de corpo e alma no meio musical. Tinha conseguido a vaga milagrosamente e, depois, com o passar do tempo, chegou à direção do serviço sem se desfazer das suas botas e da jaqueta de motoqueiro (o que seria impensável no banco, onde a sua chefe tinha lhe pedido que escolhesse o terno no lugar dos tênis).

 Na discoteca, como ele dizia, decidia as aquisições, passava o seu tempo construindo um catálogo, ouvindo música, depois transformando o catálogo em vinil num catálogo em CD, perguntando a si mesmo se seria oportuno criar uma seção de *rap* (em plena expansão) e um departamento de música eletrônica, depois se perguntando em que categoria entrava esse ou aquele álbum, se era *house* ou *jungle*, reorganizando as classificações, para depois suprimir todas elas, decretando que eram coisa do passado. Precisava também planejar as reuniões de equipe, não menosprezar a gestão de pessoal, o que não era o seu forte, e assumir aquela hierarquia que fazia dele diretor. Claude se ausentava por vezes para fazer cursos sobre as diferentes correntes do *rock*, em Bordeaux, Arles ou Nantes. Ouvia álbuns à noite em casa, tomava notas, me mostrava aquilo que lhe agradava. Era uma das suas razões de viver, descobrir, desencantar, ouvir, ouvir mais, e transmitir.

Ficou na minha memória aquele momento inesquecível entre nós, quando ele chegou com o primeiro álbum de Dominique A, *La Fossette*, quando me intimou a não me mexer, ou seja, a me sentar no pequeno banco da cozinha, a ouvir sem fazer mais nada (me lembro da ordem). E os nossos ombros a se tocarem, os nossos olhares se cruzando quando ouvimos as primeiras notas de *Courage des oiseaux*, a canção que se tornaria o nosso hino, o nosso sinal de mobilização, o nosso código secreto, como se tornou o símbolo de toda uma geração. Ficou em minha memória a noite que se seguiu. Depois do jantar, depois de termos colocado o nosso filho que não tinha nem dezoito meses na cama, ouvindo sem parar o álbum de Dominique A, estupefatos e furiosamente excitados.

Era uma terça-feira. Eram quase dezesseis horas no relógio da discoteca. Havia ainda alguns CDs que esperavam sobre a escrivaninha um lugar no leitor para uma última audição. Alain Bashung, Daft Punk, Coldplay, Death in Vegas, Placebo, Radiohead, Massive Attack. Claude estava de olho no relógio. Tinha de escolher a última faixa, uma que não fosse muito longa, antes de sair, de se eclipsar discretamente, fazendo sinal aos colegas que tinha no seu campo de visão. A saideira, a expressão nunca me pareceu tão acertada. A que lhe permitiria transpor a porta da discoteca no momento certo, se não quisesse chegar atrasado à escola onde o filho o esperava (onde o filho não o esperava).

Era um especialista nessa rotina que todos temos, o último e-mail, o último telefonema, o último cliente, tudo o que se avalia em função do tempo exigido pela operação. Sabendo que a ação desemboca inexoravelmente num atraso. Transforma adiantado em atrasado, uma vez que é um dado adquirido que o tempo profissional – sobretudo depois do aparecimento do e-mail, ainda marginal em 1999 – transborda como um rio numa enchente, não conhece pausas, nenhum minuto mal gasto, sobretudo no fim do dia, quando há sempre uma urgência a resolver, uma façanha a realizar, um encontro a marcar. Há sempre um telefone que toca.

Em outras palavras, nunca se viu ninguém sair adiantado. É coisa que não existe. Nem sequer em certos serviços da função pública.

A faixa mais curta era *Don't Panic*, do Coldplay, que durava três minutos e vinte e sete segundos, que acabava de sair e estava na caixa entregue nesse dia pela loja de discos da rua Mercière. Mas Claude tinha vontade de escutar *Dirge*, de Death in Vegas (nunca chegou a saber que a faixa seria usada no anúncio marcante da Levi's, alguns meses mais tarde), que durava cinco minutos e quarenta e quatro segundos. Era um dilema de dois minutos que ele tinha na cabeça. Mais vale não dizer nada, mais vale rir francamente perante tal miudeza. E depois, dois minutos, o que é isso comparado a uma vida, e até a um dia? Dois minutos, bastaria interromper a faixa, ou dirigir um pouco mais depressa no caminho de volta, ou então, na cidade, com os semáforos, não faz diferença correr, Claude sabia disso, ele que havia durante tanto tempo andado de bicicleta (a sua bicicleta ainda está no pátio) e tinha constatado que, moto ou bicicleta, levava o mesmo tempo, tirando a subida na volta, que era preciso *ficar de boa*,[5] uma expressão que ele prezava, resquício daquela linguagem popular que se empregava na sua família, atirada de cidade em cidade após o repatriamento da Argélia.

---

[5] *Se fader*, no original. (N.T.)

Mas, naquele dia, ele regressaria em menos de quinze minutos na Honda 900, e, mesmo que chegasse à escola depois do sinal, não seria um drama. Acontecia a todos os pais chegarem entre os últimos (como já mencionei), pelo menos aos que trabalhavam, sabíamos que haveria outro pai tomando conta, uma criança nunca ficaria sozinha na rua. Apesar disso, ficávamos inquietos e também um pouco incomodados, retribuindo a gentileza na vez seguinte. *Vou lanchar na sua casa, vem brincar comigo.*

Claude optou, portanto, por ouvir *Dirge*, embora eu admita que não tenho certeza (acredito no que Eric me revelou, que trabalhava a poucos metros dele e o tinha visto guardar o álbum na caixa), não faço senão imaginar hipóteses para aplacar esse vazio que toma conta de mim quando tento imaginar o último dia de Claude. *Dirge* era a opção escolhida para ficar ligeiramente atrasado e, portanto, criar o pequeno aumento de adrenalina que dá todo o sal à vida. Normal: o tempo do homem seria o da lentidão. Tenho vontade de escrever: lentidão no arranque.[6]

Ouvi *Dirge* repetidamente durante meses, porque a minha atenção (e talvez mais) recaiu sobre essa faixa. E sobre essa banda britânica fundada por Richard Fearless. Conheço cada segundo dessa música lancinante, que começa com guitarras e uma voz feminina, depois absorve lentamente a seção rítmica, se desenvolve com a introdução de um sintetizador distorcido, ganha fôlego quando uma guitarra um pouco defasada faz a sua aparição, sustentada por uma bateria que passa quase ao primeiro plano. Sinto cada uma das camadas que aumentam, intensificam, dão corpo àquelas poucas notas repetitivas (fá, mi, ré, fá, dó, ré) que adquirem uma intensidade impossí-

---

[6] No original, *retard à l'allumage*, expressão que num registro familiar quer dizer "compreensão ou ação lenta", mas significa também "atraso na ignição" (neste caso, da moto). (N.T.)

vel de interromper. Lanço a quem quiser o desafio de interromper *Dirge* antes do fim, é o que sempre disse a mim mesma: seria como suspender uma excitação sexual, reacender a luz no momento da chegada do prazer. Somos partes ativas da saturação, do frêmito, as notas são sustentadas, mantidas, sobem progressivamente, levam cada vez mais longe, com toda uma quietude viciante, a onda é para ser ao mesmo tempo psicodélica e punk, com a densidade de um forro onde mergulhamos na esperança de nunca mais sair. É muito bom.

E é esse mesmo o problema.
Vai! Corte a música! Não caia em tentação.
Pegue as suas coisas e vá embora.

Pergunto a mim mesma o que Claude teria escrito sobre a faixa, se tivesse de comentá-la num jornal, como ele teria encarado a música de cinco minutos e quarenta e quatro segundos sem outra letra que não *lá lá lá, lá lá lá*. Admitia com frequência que era impossível escrever sobre a música, ficava estupefato ao ler artigos tão inspirados de Greil Marcus ou de Lester Bangs, essas lendas anglo-saxônicas da crítica que souberam dar ao *rock* os seus títulos de nobreza. Vamos admitir que acabei de escrever essas linhas para surpreendê-lo, uma última vez. Gostaria que isso o fizesse pelo menos sorrir. Esse escrúpulo laborioso a que me entrego e essa convicção demonstrativa.

Claude escrevia bem, tinha esse talento que me seduzia. Pedia que eu lesse os seus artigos diversas vezes, quando não estava certo de que tudo estava bem claro, quando duvidava da adequação de uma metáfora um pouco deslocada. Batia-os numa máquina Canon S-50, à noite no apartamento, creio que imprimia e levava a folha ao jornal. Os disquetes ficaram muito tempo no fundo das caixas até eu me atrever a abri-las, mas penso que eles são de depois, de quando Claude comprou o primeiro computador. Acabo misturando tudo.

Eram cinco para as quatro quando Claude se esgueirou por fim para a saída. Não gastou muito tempo para se despedir dos colegas, que conheciam o seu modo lendário de estar atrasado e não viam problema que ele saísse antes dos demais dois dias por semana. Tinha vestido a jaqueta ao mesmo tempo que abria a porta. Imagino-o segurando a mochila, as chaves, o capacete e as luvas, tudo ao mesmo tempo, tentando manter o conjunto contra o próprio corpo e ter um dedo livre para apertar o botão do elevador que o conduziria ao térreo. Esperava que o elevador não demorasse vários minutos para chegar, como era muitas vezes o caso, que não estivesse parado nos andares superiores, por exemplo no arquivo onde trabalhava Guy, com quem tinha almoçado ao meio-dia, e que me contaria os detalhes da sua última refeição e outras coisas que eu ignorava.

Claude tinha chegado ao térreo e se despedia agora do segurança, que tinha possivelmente vigiado a Honda, não fui investigar até esse ponto, e que assistia, abismado ou cético, não faço a menor ideia, ao modo como Claude ligava aquela motocicleta monstruosa, acionando o botão elétrico depois de ter posto o capacete e ajustado nos ombros a mochila nova, na qual eu encontraria, depois de me entregarem as suas coisas, a grande corrente antirroubo de aço, assim como os CDs do Coldplay e do Massive Attack, dois volumes de histórias em quadrinhos de *Quick et Flupke*, que ele pegou emprestadas para o filho, e um número da *Les Inrockuptibles*, datado de junho de 1999 com capa de *Another Day in Paradise*, o filme de Larry Clark que estava em exibição nos cinemas. Ele tinha feito rugir o motor rodando o punho do acelerador, mas ainda parado, mostrando ao segurança por trás da vidraça, ou, antes, no vão da porta perante o ar ameno de junho, que ainda mantinha o espírito rebelde, que podia também falar aquela língua, além do registro musical, podia ser outra coisa que não um intelectual trabalhando numa biblioteca, podia estabelecer uma cumplicidade com o homem da guarita que não ouvia provavelmente a mesma música que ele, não lia os mesmos livros, passando os dias diante de um televisor fixo no alto da parede, que olhava com frequência erguendo a cabeça, o que lhe devia comprimir as vértebras e provocar algumas dores crônicas. Claude tinha feito o motor rugir ainda mais duas ou três vezes, enquanto tentava manobrar a moto de cento e oitenta e três quilos e virá-la no sentido da saída. Tinha verificado se não se esqueceu de nada. Tinha feito um sinal de cabeça na direção do segurança, que lhe respondeu erguendo o polegar. Até amanhã. *Ciao amigo,* até amanhã.

Eram dezesseis horas em ponto. Quase adiantado, afinal.

21. Se Claude não tivesse esquecido seus trezentos francos no caixa do banco Société Générale

Mas não tão adiantado, na verdade, uma vez que Claude precisou fazer uma parada inesperada e se desviar ligeiramente do trajeto habitual. Guy me contou sobre esse fato, revelado umas semanas após o acidente, que eu não soube como interpretar. Claude tinha sacado dinheiro antes de ir almoçar com Guy no Tout Va Bien, um restaurante na esquina com o pátio Lafayette que fechou depois disso, e tinha se esquecido dos trezentos francos no caixa do banco Société Générale. Percebeu isso no momento de pagar o prato do dia e o café, como testemunhou Guy, que deu risada, porque de fato Claude acumulava esquecimentos e objetos perdidos, como as chaves do serviço, uma piada recorrente, essa das chaves que abrem a sala de empréstimos, o que muitas vezes fazia os usuários se acumularem no átrio enquanto aguardavam que as portas pudessem enfim ser abertas.

Claude acabou pagando com cartão de débito, pois no fim do mês ele já tinha usado todo o vale-refeição, depois de ter verificado nos bolsos da jaqueta, que nunca tirava, mesmo no auge do verão, porque, veja bem, transportava nos bolsos tudo o que tinha de precioso: carteira, dinheiro, os diferentes molhos de chaves, óculos de sol e tudo o mais que ignoro. Raramente se separava da jaqueta por uma outra razão, que me confessou um dia em que apontei isso a ele, meio que de brincadeira. Como ele não era muito corpulento, sentia-se vulnerável e sem dúvida também fora desses padrões que exigem que os homens tenham um tronco largo e musculoso. E era o que eu adorava, aquela constituição longilínea, aquele perfil afilado, aquela beleza angulosa.

Chegou a pensar em passar no banco na saída do Tout Va Bien, mas era muito apertado, daria um pulo lá à tarde, na volta.

Eram dezesseis horas e Claude ainda tinha de fazer esse desvio antes de ir buscar o filho na escola. Aquilo levaria uns minutos, o Société Générale ficava numa rua perpendicular, de sentido proibido, mas a menos de trezentos metros. Acabo de verificar.

Estacionou entre dois carros, com o cuidado de tirar o capacete antes de se apresentar no guichê, para não assustar o empregado que acionava a abertura automática das portas depois de ele tocar. Foi recebido por um jovem de camisa com mangas curtas – aquele mesmo que Claude tinha sido aos vinte anos e em que pensava sem dúvida com horror. O jovem olhou para ele com um sorriso constrangido, pensando se Claude não estava só brincando, ou se estava ali de perfeita boa-fé, ingênuo e confiante, esperando que a máquina tivesse engolido de novo as notas antes que ele as tirasse e que o banco lhe desse o dinheiro mediante apenas uma simples reclamação. Teve de preencher um formulário que o obrigou a permanecer uns bons minutos diante do interfone, procurando o seu número de conta, o seu código bancário, a sua senha, procurando o talão de cheques nos bolsos para consultar os números que não sabia de cor, transcrevendo-os com uma esferográfica que não escrevia bem, recomeçando porque tinha se enganado no número de zeros, e depois esperando que o empregado, agora monopolizado por uma conversa telefônica, prestasse atenção de novo. O empregado tinha recolhido o formulário, carimbado, separado um protocolo que entregou a Claude e registrado o pedido. O que tomou mais tempo do que o previsto e bastou para deixar Claude atrasado, ele que até aquele momento estava dentro do tempo; foi preciso aquela história do formulário para atrasá-lo e provocar essa inquietação ligeira na barriga que lhe dizia que, agora sim, era preciso que saísse dali o mais depressa possível, que já havia perdido qualquer margem.

Nunca soube se Claude conseguiu a devolução do dinheiro, ali diretamente no guichê, em troca daquele papel que tinha acabado de preencher e que atestava sob compromisso de honra que ele não tinha recebido os trezentos francos debitados pela máquina algumas horas antes, uma vez que entre os objetos que me entregaram na emergência do hospital não havia nota alguma. E como eu ignorava esse episódio no momento da devolução, não me teria ocorrido reclamar, do mesmo modo que nunca ousei buscar saber sobre o paradeiro do relógio. E, mesmo que soubesse, não tenho certeza se teria energia para abrir a boca e perguntar ou emitir uma dúvida, disso eu me lembro.

Não estou certa de que Claude passou pelo banco como disse a Guy que faria, talvez tivesse pensado que já era tarde demais. Não tenho qualquer prova, mas isso não tem importância alguma. Nunca pensei em verificar se os trezentos francos tinham sido debitados da sua conta, e, no entanto, tinha a senha e ainda me lembro dela, 2599, poderia ter obtido a informação de imediato. 2599. Poderia ter verificado no extrato bancário recebido pelos correios nos primeiros dias de julho.

22. Se o semáforo não tivesse ficado vermelho

Claude saiu do banco com muita pressa, depois se juntou ao trânsito que deságua na avenida de Brotteaux, que conduzia até a avenida dos Belges, ao longo do parque da Tête-d'Or, onde se sucedem os palacetes e as residências de luxo, sem uma padaria nas proximidades, sem nenhum café na esquina de nenhuma rua. Tinha ido a uma velocidade moderada, nada a ver com o ensaio que fizera naquela mesma manhã na circular (ainda não mencionei isso, o que teria me feito perder o fio da meada, e além disso não estava pronta para escrever sobre esse ponto), no qual testou a velocidade, a condução na estrada, o freio e as suas próprias capacidades para ter nas mãos uma moto tão potente pela primeira vez na vida. É o que me dirá Guy depois do acidente, que de manhã, uma vez tendo tirado a Honda da casa dos Mercier, ou, antes, da sua casa, Claude tinha desejado ver até onde a CBR 900 podia chegar, já que foi a duzentos quilômetros por hora na circular, no trecho sem radar até Vaulx-en-Velin, passando pelos motoqueiros pelo retrovisor como um foguete na faixa da esquerda (não tinha, portanto, nenhum engarrafamento naquela manhã?), se gabou disso ao chegar ao trabalho, tinha revivido o ardor adolescente, tinha provocado aquela zona obscura escondida no fundo de si, onde dormia sem dúvida o que se assemelhava a uma violência encoberta desde aquela infância arrancada da Argélia em guerra, quis talvez dar corpo à expressão de Lou Reed, aquele *viver depressa, morrer jovem*, embora eu não faça ideia, com um sorriso de esguelha meio anjo e meio demônio, um sorriso de cair o queixo, vejo-o, esse riso que me deixava louca por ele. E depois apenas louca.

Quando penso de novo nisso, nessa aceleração na circular, era o mínimo que se podia esperar, ele com certeza não pegaria a Honda só para simplesmente ir ao trabalho, respirando a fumaça dos ônibus que arrancam debaixo dos nossos narizes e parando nos semáforos. Não se privaria de fazer o motor dar o seu melhor, de ouvi-lo rugir, de ter entre as pernas aquele reator quase atômico que o impelia à velocidade de um relâmpago.

Mas depois teria acabado, ele voltaria para casa no final do dia, se inserindo numa rotina reencontrada, já ocupada pelo que faria ao chegar. Com a satisfação que provoca cada regresso do trabalho. Estar de novo em casa, na vida íntima e privada, isolada, protegida, sem nenhuma testemunha da regressão programada uma vez transposta a porta. O chocolate Côte d'Or que ele come de pé diante do armário, as barras de Ovomaltine que ele compra em embalagens de quatro, o leite que ele bebe da garrafa, agachado diante da geladeira, os sapatos que troca por pantufas e que dão de repente ao cara do *rock'n'roll* um ar menos sofisticado. A mochila que ele abre e da qual tira os álbuns que vai pôr no toca-discos, aquele livro que trouxe de empréstimo, *Uma Conspiração de Estúpidos*, que Guy tinha recomendado e que eu também encontrei na mochila.

Depois teria acabado, ele regressaria do trabalho e tudo se acalmaria. Ele ia guardar a moto e prendê-la definitivamente ao pilar.

Penso naquela canção furiosa de Dominique A, *Le Travail*, do álbum *La Mémoire neuve*, que ele tinha talvez escutado durante o dia e que eu esvaziei de seu significado ao procurá-lo incessantemente. *Eu regressava do trabalho, ninguém me esperava.*

As estatísticas são claras: dois a cada três acidentes graves ocorrem nos trajetos mais conhecidos, entre a residência e o local de trabalho, esses breves trajetos repetitivos que acreditamos ser inofensivos porque já parecem perfeitamente assimilados. Seria a ausência de aventura que mata, a ausência de risco objetivo que constituiria o maior risco. Aliás, quando tomei conhecimento do acidente à tarde, quando regressei de Paris, não imaginei por um instante sequer que pudesse ser algo grave, como se fosse impossível a rotina consentir um desfecho tão dramático. O egoísmo e o trivial não demoraram a se manifestar, e disse a mim mesma que, francamente, ter um acidente assim logo antes da mudança não era lá muito conveniente, ia complicar as coisas para nós. Fiquei bastante chateada.

Claude sempre teve motos, desde a sua primeira Yamaha 125, quando tinha dezoito anos e vivia na casa dos pais na ZUP de Rillieux-la-Pape, época em que o conheci e ele passava na frente do meu prédio se inclinando todo na curva em ângulo reto, travando e depois acelerando agressivamente, sem dúvida para captar a minha atenção – saberia ele que, alertada pelo barulho do motor, eu corria para a janela do quarto, coisa que nunca lhe disse? –, depois uma Kawasaki 650 das mais elegantes, que lhe roubaram à luz do dia diante da Ópera de Lyon, na rua onde tínhamos alugado aquele primeiro apartamento de onde fomos despejados, pouco antes da Yamaha 500 XT, *o doidão* que ele tanto adorava e com o qual percorremos todas as estradas da região e sofremos um acidente ao irmos para Villard--de-Lans dia dez de maio de 1981, que me valeu um traumatismo craniano com perda de memória (já não sabia em quem tinha votado) e uma breve estadia no Centro Hospitalar Universitário de Grenoble. Seguiu-se um breve período de bicicleta antes de ele comprar a primeira moto nova, a famosa Suzuki 650 Savage, cujo charme ele adorava, assim como sua condução *cool*, que eu tive de vender durante o verão de 1999 a um jovem vindo de Chambéry, a quem não quis dizer a razão pela qual tive de me separar dela. E há todas as motos que esqueço, que foram objeto de roubos sucessivos, de mal-entendidos com as seguradoras e de conversas que eu apanhava aqui e ali, que me permitiram acumular esse vocabulário especializado deveras fascinante, e nas quais Claude afirmava o seu estilo de homem refratário ao automóvel, preocupado em não atrapalhar, avesso a toda forma de submissão, e sobretudo aos engarrafamentos. Sem contar com a resistência aos pedágios nas autoestradas, que sempre transpôs sem gastar aquele dinheiro que considerava um insulto.

Claude conduziu normalmente, pode-se dizer, ao longo da avenida, esgueirando-se entre os automóveis, como todos os motoqueiros, que não suportam a ideia de ficar atrás, já que a ideia de seguir um automóvel sempre os deixa loucos. Comportou-se como uma abelha impaciente, que zumbe do lado esquerdo, que ziguezagueia suavemente, que concede alguns favores duvidosos, que cola na traseira e depois desaparece. Divertiu-se, é o que imagino, e sem dúvida é o que espero, deu uso à suavidade dos arranques, a confiança do carburador concebido por Tadao Baba, se esforçou para conter a impaciência, segurando os cavalos, contentando-se em desviar dos automóveis, que no meio da tarde ainda não se acumulam em filas, mas avançam sem percalços pelas duas faixas da estrada então limitada a sessenta quilômetros por hora.

Dirigia se divertindo, zunindo, é o verbo infeliz que me vem à cabeça, que imita a sonoridade do motor, uma vez que tudo o impedia de se entregar a uma condução mais esportiva, não dava muito uso à mão direita no punho do acelerador, mas afinal não sei, pode ter acontecido de ele ter atravessado o bairro como uma estrela cadente, desprezando o trânsito, em uma longa linha reta ligeiramente à esquerda, passando um pouco por cima do traço contínuo que não era nada além de um símbolo inofensivo, ultrapassando o trinta e oito, o ônibus que eu pegava – e que ainda pego – quando vinha da estação depois das minhas aventuras parisienses e que se arrastava até me deixar no meio da subida da Boucle, do outro lado do Rhône, onde vivíamos.

O Rhône marca a fronteira entre o sexto distrito e o bairro da Croix-Rousse, onde ficavam a escola e o apartamento que estávamos prestes a deixar. Depois seguia um rio largo e luminoso naquele ponto, acima da cidade, logo depois da cascata de Saint-Clair, de onde se precipita numa espuma mais ou menos compacta de acordo com a época do ano, mas sempre daquele azul quase branco que recorda que a sua nascente é nas geleiras. O Rhône e as suas margens muito frequentadas a partir do mês de junho, apesar de os banhos serem proibidos e ainda mais a pesca e o consumo de peixes, intoxicados com PCB. Me lembro de que falávamos disso à mesa, dessa poluição das águas do Rhône, que transportavam um coquetel inquietante de nitratos, metais pesados e outros pesticidas, que resumíamos naquela designação nova, os PCBs, ou policlorobifenilos, manchete de primeira página do *Progrès*.

Adio o momento de interromper o percurso de Claude e de levá-lo a ultrapassar o semáforo vermelho, aquele diante do museu Guimet, que será determinante para o que se segue. Falo, agora, dos PCBs e das pequenas praias improvisadas, povoadas por jovens que se movem entre as plantas e procuram os raios de sol já quentes diante dos reflexos do rio, por casais ilegítimos, rapazes que se encontram, estudantes que se isolam atrás das árvores para enrolar beques e passar o tempo livre em volta de uma fogueira, arrancando acordes de guitarra e tocando tambores cujas vibrações repercutem até à colina da Croix-Rousse.

Hesito em levá-lo a passar o semáforo vermelho porque, se tivesse ficado verde um segundo a mais, Claude teria prosseguido o caminho sem obstáculos, e sem dúvida também teria seguido a sua vida, e nós não teríamos ficado sabendo de nada desse dia, que teria sido como todos os outros, nem assinalável nem memorável, sem suscitar perguntas nem relatos, um dia que abraça as vibrações do verão, um dia em que se penetra de braços nus, entregues ao vento já morno daquele meio de tarde sedoso, mesmo antes do fim das aulas, a grande libertação, mesmo antes da mudança, mesmo antes daquela nova vida a qual sabíamos que ia por fim se desdobrar. Era a minha visão das coisas, talvez fosse eu a única a imaginá-las assim. Eu via aquela entrada na casa como um ponto de partida para horizontes novos e promissores. Como se tivesse sido necessário esperarmos todo aquele tempo e encontrarmos o lugar propício para que a nossa vida de adulto assumisse por fim uma dimensão à nossa medida. Ele aos quarenta e um anos, eu aos trinta e seis. Não éramos muito rápidos, quero dizer, nem sempre.

Não sei como funcionam os sinais de trânsito, desde o seu aparecimento na forma de lanternas a gás giratórias, num bairro de Londres, em 1868, onde se fez necessário controlar o fluxo de trens que atravessavam a esquina de Bridge Street, acionadas por um agente policial de serviço, mas podemos imaginar que atualmente os engenheiros os ajustam em função de estudos sobre tráfego, para que uma rua absorva o trânsito da forma mais fluida possível. Quando estou dirigindo, adoro adaptar a minha velocidade de maneira a coincidir com uma onda de semáforos verdes nas avenidas, segurando a aceleração para me entregar ao prazer de ver desenrolar-se diante de mim um tapete vermelho (se podemos dizer assim) de semáforos que passam sucessivamente ao verde e criando uma harmonia total entre o ser humano que sou e a máquina alojada nas caixas eletrônicas. Não adianta nada ir mais depressa, basta esperar que o caminho se abra diante de mim, é um prazer misterioso.

Essa questão dos semáforos me atormentou durante muito tempo, uma vez que a tendência das rotatórias se impôs desde então, na província mais do que nas cidades, de fato, como se já não fosse possível deter o tráfego, as pessoas, os fluidos, a marcha do tempo, como se o homem moderno não suportasse nenhuma interrupção das suas pulsões, semelhante à comunicação que corre noite e dia nas torneiras abertas das redes. O semáforo seria um animal reacionário que obrigaria a bater com o nariz numa porta fechada, um acesso que não seria ilimitado. Um pouco como uma fronteira fechada, um desfecho de inadmissibilidade. A livre circulação de comércio, de mercadorias (é esse o problema), de divisas, de ideologias destronou a ideia de um simples semáforo vermelho poder parar tudo. Mas divago.

Também quando o semáforo diante do museu Guimet passou para o amarelo, quando Claude estava a cem metros de distância e não podia prever aquela interrupção, após um início de percurso realizado como que sobre veludo, sem mesmo desacelerar junto da Brasserie des Brotteaux, depois a Clinique du Parc (que entretanto mudou de local), ele teve a tentação de passar apesar de tudo, o que não teria, objetivamente, posto ninguém em perigo, já que nenhum automóvel surgia vindo da rua Boileau, uma perpendicular. Depois de ter hesitado uma fração de segundo – passo, não passo, em qualquer caso é preciso agir, seja acelerar sem arriscar se chocar com o veículo da frente, seja frear de repente, correndo o risco de baterem atrás – e sem dúvida tomado pelo desejo de se portar bem, pois ainda tinha nas veias o gosto apimentado da transgressão da manhã, quando acabou por se curvar, *in extremis*, à autoridade da proibição, imagino que Claude tenha sentido como que uma pequena contrariedade tensionando seus nervos, sem dúvida ligeiramente, ouço-o soltar um xingamento modesto que sibilou entre os dentes, por causa daquela descida que tinha de fazer moderando a velocidade, por causa do prazer de que era obrigado a abrir mão, ao mesmo tempo que aliviava o acelerador, para dar lugar à frustração daquele que renuncia, que joga a toalha ao chão. Que se curva ao mesmo nível dos carros. Todos parados na linha de partida, todos castrados, ousemos usar a palavra, todos atrasados em relação ao horário que tinham fixado.

Não existia na época esse celular que fica sobre o assento e que se consulta a cada tempo livre, a cada parada no trânsito, não existia senão a paciência necessária para preencher a espera, a estação de rádio que se trocava, o quebra-sol com espelho, que se baixava para ajeitar uma mecha de cabelo. Para os motoqueiros, nada a ser feito naqueles trinta segundos de imobilidade imposta, a não ser olhar para uma moça que passa, verificar se a mochila está bem presa e se a hora no relógio não disparou. Hoje ocorre de eu me surpreender com um motoqueiro que consulta o telefone, e eu fico a observá-lo, enternecida, teclando com as suas luvas.

Parar num semáforo vermelho se tornou uma pena dupla, temos de reconhecer, desde que os pobres, os moradores de rua, os refugiados começaram a vir pedir à janela, vender a revista que lhes permitirá talvez ganhar um troquinho, recolher umas moedas que ninguém sabe a que se destinam e que são dadas como um direito de passagem, um novo tipo de pedágio. Claude dizia muitas vezes que aos motociclistas ninguém pede nada, são considerados uma espécie à parte, um gênero de mistério sob um equipamento na maioria das vezes repelente e que funciona como um espantalho. Iria dirigir a palavra a um escafandrista? A um apicultor ou a um astronauta de partida para a Lua? Imaginamos os motoqueiros sem rosto, sem fala, sem carteira.

Claude parou, prudentemente, diante do museu Guimet, na *pole position*, pronto para partir de novo. Virou a cabeça para a esquerda e viu os adolescentes que saíam do Museu de História Natural, apressados pelo professor, esse lugar que visitávamos alguns domingos de inverno desde que tínhamos um filho, preocupados em lhe mostrar o que o mundo tinha de cativante, as vitrines com besouros, escaravelhos ou borboletas que havia no último andar sob a claraboia, o esqueleto da orca gigante, que o nosso filho nos ensinou ser o mais terrível predador dos mares e tinha, aliás, o nome de *Orcinus orca* – aquele que dá a morte –, os antílopes e o lobo empalhados, as múmias egípcias no subsolo, as máscaras asiáticas que Émile Guimet tinha sem dúvida trazido das suas viagens ao Extremo Oriente, o que era a especialidade desse industrial e grande colecionador lionês, nascido, como Claude, em dois de junho (é um detalhe idiota, mas eu procuro sentido em cada pormenor), no ano de 1836, e que tinha contribuído para a criação do museu, um dos locais mais harmoniosos e tranquilos da cidade que, entretanto, fechou, e cujas coleções foram transferidas para o museu da Confluence, numa preocupação em aderir ao mundo contemporâneo.

Isso Claude não ficou sabendo, mas a lista seria longa, se me pusesse a enumerar tudo o que teria ignorado do mundo que continuou a girar sem ele.

Quando Claude olhou para a entrada do museu onde estavam reunidos os estudantes, talvez tenha simplesmente lembrado da luz filtrada que reinava no interior, ou do grande esqueleto de mamute que ocupava todo o espaço do térreo, ou ainda da época em que ele próprio era estudante em Rillieux-la-Pape, apressado pelos professores na escadaria da escola e não do museu, aonde ninguém levava as crianças da nossa geração.

Que sei eu dos seus derradeiros pensamentos, ali diante do grupo de adolescentes excitados pela proximidade das férias, parado por aquele semáforo que parará também a sua existência? Que terá passado por sua cabeça, às dezesseis horas e vinte e quatro minutos daquela terça-feira, vinte e dois de junho, na reta final do século XX?

Cantaria uma canção, repetiria as três notas de *Dirge* de Death in Vegas, que talvez não tivessem saído da sua cabeça desde que as ouviu? Cantaria, em vez disso, *I Wanna Be Your Dog* de Iggy Pop, uma das suas músicas preferidas, que ele às vezes assobiava na mesa da cozinha, batendo numa garrafa com uma faca para obter o efeito de vidro partido que Iggy usa como ritmo, o que divertia o nosso filho que também queria bater e a quem Claude permitia apenas alguns compassos, preocupado em transmitir uma herança *rock'n'roll* ao mesmo tempo que provinha uma educação digna desse nome?

Claude estaria esperando que o semáforo ficasse verde para seguir a última reta antes do Rhône, de cerca de trezentos metros, antes da ponte da Boucle, depois até a escola pela subida que tem por nome rua Eugène-Pons, que os habitantes de Croix-Rousse conheciam bem pela estreiteza, as fachadas de *canuts*, os engarrafamentos matinais entre as oito horas e as nove e quinze no sentido descendente, a escola primária no meio do declive, bem antes da curva, a senhora de colete fluorescente que ajudava a atravessar e que as crianças chamavam de *a senhora que ajuda a atravessar*, os grupos de pais amontoados diante do portão, as pencas de crianças que inquietam o motorista.

Claude estaria esperando e não estava a mais de cinco minutos da escola. Observava talvez a passageira do carro ao lado, que verificava no espelho se o batom não precisava de retoque, mas imagino-o um metro à frente, os dois pés no chão, as pernas compridas bem firmes sobre o asfalto de ambos os lados da moto, o pé esquerdo pronto para engatar a primeira, para apertar o seletor que acionará a marcha, claque, ao mesmo tempo que solta o freio com a mão esquerda, antes de rodar o punho do acelerador e se afastar dos carros parados.

Claude esperava, e me pergunto que força oculta, que poder invisível teria podido agir para que ele não arrancasse, para que ele ficasse ali, para que ele não fosse ao encontro do perigo que o espreitava uma centena de metros adiante.

Não arranque.

Não entre nesse jogo obrigatório do semáforo vermelho que decide por você quando parar ou avançar. Fique aí olhando os estudantes barulhentos na escadaria do museu. Fique aí pairando, perdido nos pensamentos que te ocorrem, que te conduzem à ZUP, àquela sala de aula onde você ficava sentado ao lado de Mohamed Amini, que se tornará guitarrista da banda Carte de Séjour e que te convidará para os seus primeiros shows de *rock*. Mohamed Amini, que acaba de falecer no momento em que escrevo essas linhas, como o seu amigo Rachid Taha, vocalista do grupo, nascido no mesmo ano que você, na Argélia.

Fique aí, não se mexa.

Should I stay or should I go, canta Joe Strummer, o líder do The Clash, no álbum *Combat Rock* em 1982. Que Claude conhecia de cor e ao som do qual dançou, daquele jeito que ele tinha de mover o corpo felino, ainda impregnado dos gestos *new wave* que o faziam esticar alternadamente os braços e as pernas moldadas por calças justas.

Se eu não tivesse ido a Paris na terça-feira vinte e dois de junho, mas na sexta-feira dezoito como previsto. Se o meu irmão não tivesse o problema da garagem. Se os Mercier não tivessem cedido ao meu desejo de comprar a casa. Se não tivéssemos recebido as chaves antes. Se a minha mãe não tivesse ligado para o meu irmão. Se eu não tivesse negado o convite do meu irmão para levar o nosso filho de férias. Se eu tivesse ligado de Paris para dizer a Claude que não fosse buscar o nosso filho na escola. Se Claude não tivesse levado a moto do meu irmão. Se ele não tivesse deixado os trezentos francos no caixa do banco. Se ele tivesse ouvido Coldplay e não Death in Vegas. Se Tadao Baba não tivesse existido. Se os acordos de livre comércio entre o Japão e a União Europeia não tivessem sido assinados. Se não tivesse feito um tempo tão bom. Se Denis R. não tivesse ido devolver o 2CV ao pai. Se o semáforo não tivesse ficado vermelho. Não, não, não, não, não, não, não.

Claro que Claude arrancou.

Claude engatou a primeira. As testemunhas não viram nada, mas ouviram o barulho surdo de uma aceleração. Ninguém viu nada, como sempre. O que fazem as pessoas com seus olhos, seus sentidos, quando passeiam? O relatório da polícia, que tenho nas mãos, é taxativo. Claude arrancou rápida e ruidosamente. Como se participasse da famosa corrida japonesa para a qual a moto tinha sido concebida, as 8 horas de Suzuka. E ainda se pode imaginar que uma corrida de resistência não exige um arranque a grande velocidade. É provável que a moto tenha empinado. Nada visto, tudo ouvido.

Claude, quanto a ele, não estava surdo, como o ruído que fazia, provavelmente sem querer. Não estava surdo, mas sofria de zumbidos havia anos. Provocados pela audição repetida de música alta, especialmente em shows nos quais os decibéis não eram muito regulamentados no início dos anos 1980, quando ele começava a frequentá-los de modo intensivo. Esses zumbidos eram frequentes à noite, quando os barulhos exteriores cessavam e um sopro interior assumia o primeiro plano, criando uma algazarra que o perturbava ao ponto de às vezes precisar se levantar e andar pelo apartamento, para que as frequências sonoras aceitassem abandonar a sua caixa craniana.

Creio que posso dizer hoje que o famoso *wheeling* que alguns condutores evocam nos sites que consultei não foi voluntário. O *wheeling*, isto é, o fato de a moto empinar devido à relação matemática que se calcula a partir de uma equação entre o peso (extremamente leve) da moto e a sua potência monstruosa.

Teria sido o acelerador um tudo ou nada mal ajustado, como diriam os familiares de Claude, que fez a Honda CBR 900 Fireblade empinar e cuspir o seu piloto para a estrada, diante do hotel de cinco estrelas Reine Astrid, divindade vinda desse Norte definitivamente perdido, que foi rainha da Bélgica até aquele acidente de automóvel que lhe custou a vida em agosto de 1935, quando tinha apenas trinta anos e seguia com o marido, o rei Leopoldo III, num Bugatti conversível, nas proximidades do lago dos Quatro Cantões, na Suíça.

É possível encontrar todas as coincidências imagináveis, todos os sinais, nos fatos, nas datas, na imbricação deste ou daquele acontecimento. Pode-se ver como a Bélgica, o Japão e a Argélia se encontram tristemente sobre o asfalto da cidade de Lyon, pode-se aprofundar o tema, pode-se procurar sentido onde ele não existe, mas pensar que Claude caiu diante do hotel Reine Astrid, ou, ousemos dizer, aos pés da própria rainha Astrid, é idiota, mas me provoca um pouco menos de dor, como se ele tivesse ido se reunir à rainha no seu túmulo. Como se fosse possível a ideia de existir uma comunidade de acidentados. O que levanta para sempre a questão da morte isolada e fortuita, a que chamamos acidental, arrumada na rubrica dos *faits divers*, face àquelas, coletivas e mais respeitáveis, que pertencem aos grandes movimentos históricos. Escorregar numa casca de banana não tem o mesmo sentido que morrer sob as bombas ou os ataques de uma ditadura. É a razão pela qual procuro parceiros. E também por motivos ocultos, mais ou menos bizarros e ilusórios, psicanalíticos, mas não menos sociológicos ou políticos. Não há razão para isso.

Saber que o marido de Astrid, que dirigia, saiu da estrada enquanto dava uma olhada no mapa que a mulher estava com dificuldade de interpretar e depois bateu numa árvore antes de terminar a corrida nos juncos do lago, isso quase me tranquiliza, mas me deixa também perplexa. E me faz dizer que a condução de um automóvel e de uma moto não tem nada em comum na perspectiva do passageiro, que num veículo de duas rodas nunca é aquele que lê o mapa. Nunca é parte ativa da condução, nenhuma ação lhe diz respeito, nenhum conselho pode sair da sua boca, por causa do vento que entra, por causa do barulho do motor, nenhum daqueles avisos por vezes inoportunos que levam os casais de carro a elevarem o tom ou até mesmo proferirem ameaças, nomeadamente aquela que consiste em dizer: *Pare aqui que eu quero descer.* A dupla em uma moto é de natureza completamente diferente. A palavra não é partilhável, trata-se apenas de agarrar e se deixar ir num dever de leveza. O que não impede que se trema em silêncio e se faça uma cena uma vez que o trajeto seja concluído.

Se eu tivesse sido a passageira naquele vinte e dois de junho de 1999, o acidente não teria ocorrido. Aliás, eu nem teria sido a passageira, pois a Honda CBR 900 não tem lugar para dois. Ou, olhando com mais atenção, há um tênue assentozinho sobre o amortecedor, onde eu nunca teria aceitado ser transportada, já que me veria sentada como uma rã numa postura degradante. O exato oposto da atitude descontraída que faz parte do prazer de andar de moto, piloto ou passageiro, como na Suzuki Savage de Claude, versão *Easy Rider* (de maneira bem menos chamativa, convenhamos), o filme de Dennis Hopper que tinha posto na estrada hordas de clones tentando reviver o sonho americano, numa época em que esse sonho ainda tinha sentido.

A hora do acidente que consta no relatório da polícia é dezesseis e vinte e cinco da tarde.
Local: esquina avenida dos Belges/rua Félix-Jacquier.
Félix Jacquier, ilustre desconhecido, se me é permitido acrescentar, tem apesar de tudo a particularidade de ter sido um dos primeiros banqueiros da cidade, presidente dos Hospitais Civis de Lyon de 1858 a 1867. Participou, portanto, sem saber, da chegada de Claude à recepção do pronto-socorro. *Damned*, como tudo está bem azeitado nesta cidade.
Claude caiu aos pés de uma rainha e nas mãos de um banqueiro. Nem todos os bairros de Lyon contam a mesma história. Claude vivia

na colina dos *canuts*, a tal dos trabalhadores que fomentaram uma revolta em 1831 (ao mesmo tempo que a França colonizava a Argélia), e tombou nos bairros chiques. Por mais que tente encontrar um símbolo nessa combinação grotesca, tropeço numa absurdidade que me frustra. Não, não há nada a compreender, nada a ver, é como tentar enxugar roupa seca. E no entanto.

23. Se Denis R. não tivesse decidido ir devolver o 2CV ao pai

No momento em que Claude saía da discoteca, o condutor do carro 2CV que viria em sentido contrário, aquele mesmo cujo nome estava anotado no relatório de polícia que me enviaram, Denis R., devia também regressar do local onde trabalhava. Uma escola fundamental onde era professor estagiário. Esse jovem de vinte e três anos, que não teve nenhuma responsabilidade no acidente, conduzia a baixa velocidade em sentido contrário no momento em que Claude caía, e depois deslizava pelo asfalto.

Na mesma hora em que Claude saía da discoteca, Denis R. entrava no 2CV que pertencia ao pai, a quem devia entregar o veículo para que seguisse para a sucata. Era o último trajeto daquele carro em fim de vida. Denis R. não tinha pensado em passar naquela avenida naquele dia, mas mudou de ideia na última hora, pois tinha decidido devolver o carro após sair do trabalho, em vez de esperar pelo fim de semana. Tivesse feito o combinado e não se falaria mais disso. Foi o que ele me revelou quando nos encontramos, vários anos depois.

O carro do pai dele, a moto do meu irmão.

Fiquei sabendo que Denis R. é músico, que adora a música que Claude ouve, que teve uma banda, gravou um álbum. Quando me senti finalmente preparada para lhe escrever, e depois me encontrar com ele, quase dez anos mais tarde, tinha ido primeiro vê-lo em um show, talvez para dizer a mim mesma, simplesmente: é ele, para ver aqueles olhos que viram, que viram o que eu não sei. Ele abria o show de Mathieu Boogaerts, que Claude tinha entrevistado uns meses antes do acidente, me lembro perfeitamente porque ele tinha trazido a camiseta promocional de cor amarelo-canário com que dormi durante anos (e que conservei, apesar de estar completamente desbotada), na qual está escrito *Super!*, o nome do álbum.

Então, Denis R. abria o show de Mathieu Boogaerts, no Marché Gare de Lyon, também ele destruído e depois renovado *in extremis* no momento em que escrevo essas linhas, no coração do vasto projeto imobiliário que desfigura o bairro da Confluence. Pedi a Marie que fosse comigo, sobretudo porque pensei que encontraria Denis R. no camarim no final do show, o que não tive coragem de fazer, e ainda bem.

Desde o acidente, Denis R. gravou vários CDs bastante melancólicos, num dos quais havia uma canção intitulada *Pardon*. Que sem dúvida não tem nada a ver, mas eu decidi que sim. É possível dizer tudo por meio de letras de músicas. Como se pode descobrir sentido em qualquer configuração da realidade.

O homem de vinte e três anos que conduzia o 2CV e que administrou os primeiros socorros é o mesmo. Porque, além de ser professor e músico, era brigadista voluntário. É também o que ele me disse, no dia em que nos encontramos num café da Croix-Rousse. Ele me disse que poderia me revelar as últimas palavras pronunciadas por Claude.

Vim de Paris no TGV que chegava a Lyon às vinte e uma horas, não precisei correr porque a instalação Ousmane Sow, na ponte das Artes, não me tomou muito tempo. Tinha ido a pé até a estação de Lyon, para aproveitar o ar ameno, recordando todas as boas vibrações do dia.

Guy esperava por mim no final da plataforma. Estava sabendo do acidente, mas não ainda do resultado final. Falou apenas que havia ferimentos num ombro. Fiquei espantada de ver Guy, mas não tanto assim. Não me ocorreu perguntar a ele como tinha ficado sabendo. Fomos projetados para a ação. Guy quis apenas me acompanhar até o apartamento. Mas, uma vez ali, decidiu ficar. Dava voltas na sala cheia de caixas enquanto eu ouvia as mensagens na secretária eletrônica. Nelas não havia nada de anormal, apenas uma de Christine, a mãe de Louis, sugerindo que o nosso filho dormisse na casa dela depois da festa de aniversário. E duas chamadas sem mensagem. Guy recusou a cerveja que eu lhe ofereci.

Guy estava estranho, mas eu não me dava conta. Estava tudo virado do avesso, mas isso não me perturbava. O meu cérebro, sem dúvida, já estava desligado, já preparado para acionar o botão "negação". Guy sugeriu que fôssemos ao hospital saber se havia novidades. Era impossível para ele ficar parado. Claro que sim, era preciso ir até lá. Guy dirigia pelas ruas de Lyon desertas. Fumava com as janelas abertas, me ofereceu um cigarro, eu fumei com ele no calor da noite. Ainda não estava escuro, o dia se prolongava, eu estava longe de imaginar. Chegava daquela jornada parisiense tão repleta de bons sinais a respeito do romance prestes a ser publicado, preenchida por aquele retorno literário iminente. Tinha um exemplar para Claude na minha mala, metido num envelope, *Nico*, o tal romance que ele não lerá.

No hospital Edouard-Herriot, Guy se apresentou na recepção, mas ainda era muito cedo para darem informações, eu esperei no carro, continuava sem ver naquilo nada de suspeito. Guy estava nervoso e silencioso, mas ele é sempre assim. Mesmo durante os numerosos fins de semana que passávamos juntos, com Michelle, Philippe e Béatrice, na fazenda que um agricultor lhe emprestava na região de Bresse. Voltamos mais uma vez para o apartamento, ouvi novamente a secretária eletrônica e nada de novo surgiu. Guy recusou a cerveja que eu ofereci. Quis telefonar. Ao desligar, me disse que era grave. Não me atrevi a perguntar. Não queria saber. Guy tinha uma expressão carregada, mas ele tem muitas vezes uma expressão carregada, mesmo quando colhemos cogumelos nos prados, mesmo quando ele acende o fogo no fogão a lenha. Entrei novamente no carro e me deixei conduzir por ele. Deixei Guy assumir o controle das coisas. Fomos de carro, me lembro de passar muito tempo.

Por volta da meia-noite, depois de novas tentativas de abordagem na recepção do hospital, Guy me convidou para sair do carro. Tive a sensação de que as sandálias estavam um pouco grandes demais, era preciso ajustar a presilha. Eu fazia o que Guy me pedia. Após um momento de flutuação em que vi Guy aparecer e depois desaparecer, ora virado para mim, ora de costas, uma mulher falou comigo no estacionamento, não sei de onde ela saiu. Tudo era sombrio à nossa volta. Eu não sabia que ela era a médica da emergência. Foi ela quem pronunciou a frase que corta a minha vida em dois: *Não pudemos fazer nada*. A frase que marca o antes e o depois. O vinco aguçado como uma lâmina. Isso se passou num estacionamento, sem segundo plano. O rosto dela na noite, não seria capaz de reconhecê-lo.

Foram necessárias várias semanas para saber a hora da morte de Claude. Vinte e uma horas e trinta minutos. O hospital passava minha ligação de atendente para atendente, quando eu telefonava. Me perguntaram uma vez por que é que eu queria tanto *aquela informação*. Eu sabia, intuitivamente sabia, mas queria ter a certeza, queria que me dissessem que ele tinha esperado por mim.

Saberia mais tarde que a médica da emergência do estacionamento era também mulher do escrivão do cartório, o amigo de Guy tão prestativo. Também nisso não há nada a compreender, simples acaso. Simples movimento de coreografia.

Encontros, amizades, interferências, favores prestados. Fins de semana no campo. Coincidências. A vida na sua fluidez.

Não há nada a compreender, cada um desempenha o seu papel. Cada um bem no seu lugar na cidade, com toda a legitimidade: a médica, o escrivão, o professor, o bombeiro, o policial, o bibliotecário, o banqueiro, o padre. A isso se chama sociedade.

Está tudo muito bem conectado. Funciona, não funciona, para o melhor e para o pior.

O jornalista, o funcionário da agência funerária, o escritor.

Não há *se*.

O ECLIPSE

Todos falavam do eclipse. Você nem poderia imaginar: cada um procurando os óculos adequados para olhar o sol que iria desaparecer atrás da lua em pleno dia. Só se falava dos tais óculos que podiam ser comprados nas tabacarias, no supermercado, nas bancas da feira. Os óculos certificados e os outros, os falsificados, que era preciso evitar sob pena de queimar a retina. O eclipse ocupava aquele último verão do século. Era verão uma última vez, era verão uma primeira vez sem você.

Paco Rabanne anunciava o fim do mundo com a queda da estação espacial Mir sobre Paris, e fiquei grata a ele por finalmente trazer uma notícia que me dizia respeito. Queria acreditar nele, queria dar razão a ele. Enfim, seríamos todos engolidos, todos iguais, mas eu não podia confidenciar a ninguém esse mau pensamento.

No dia onze de agosto, não tinha nada marcado, não mais do que no dia dez ou doze, a semana estava desesperadamente vazia. Entrava naquela comprida faixa de tempo como se avançasse por um vasto terreno baldio. Era a quinzena em que Théo estava na colônia de férias. Eu não sabia se devia manter a estadia dele no campo ou cancelá-la, pois talvez fosse necessário adicionar desordem à loucura. A nossa vida tinha se tornado uma enorme anomalia. O que você teria feito no meu lugar? Tudo se justificava, e como agora eu estava sozinha para decidir, não conseguia ter um pensamento claro. Tinha posto na mochila de Théo os famosos óculos. Teríamos pelo menos isso para contar, já que a coisa enorme que nos atingiu nos deixou sem palavras.

Quando ele observasse o eclipse, pensaria talvez em mim, vendo a mesma coisa que ele. Ele e eu ligados no mesmo instante, perdidos no coração do sistema solar.

Pensaria sem dúvida em você, o astro que desapareceu detrás da lua.

Tinha me levantado tão tarde que o sol já estava quase a pino, e o eclipse estava programado para as onze e vinte e duas da manhã. Sentia necessidade do número vinte e dois que regressava. Arranquei com o carro depois de ter ficado um tempo exagerado no banho. Cobri os quilômetros que me separavam da casa dos meus pais sem ligar o rádio (já não conseguia ouvir música, compreendia Marguerite Duras, que dizia a que ponto a música podia ser devastadora, o que eu tinha até o momento considerado uma declaração um pouco afetada). Autoestrada, veranistas, trailers, barcos a motor, casais, filhos, a vida que corre como uma torneira de água morna.

A vida dos outros.

Eu tinha trinta e seis anos e ia para a casa dos meus pais para ver o eclipse. Esperava que Paco Rabanne estivesse certo.

Animal estranho, esse Paco, que de repente eu adorava, ele também tinha perdido o pai jovem, fuzilado por Franco, dizia a mim mesma que se Paco Rabanne tinha conseguido, Théo deveria conseguir, pensava por associação de ideias, que me atravessavam de qualquer maneira. Um pai fuzilado e, vinte anos mais tarde, o menino tornado adulto assinava um desfile com os seus doze vestidos *investíveis*, feitos de metal, vidro, couro, que revolucionava a estética. O menino que virou estilista era o primeiro a organizar um desfile com mulheres negras, chocava o mundo, esse Paco que tinha começado a sair do próprio corpo aos sete anos para fazer viagens astrais em que vivia outras vidas, extravagantes, outras vidas que não aquela que o tinha lançado para os campos de Argelès, com a mãe médium e o fantasma do pai ausente.

Nesse verão, todo mundo zombava de Paco Rabanne, claro que havia vontade de ridicularizá-lo, um cara que se dizia basco, descendente dos atlantes, que anunciava a destruição de Paris e o fim do mundo porque acreditava nas previsões de Nostradamus, um cara que afirmava que o ano 1999 seria o momento da grande explosão, havia um montão de gente a quem esta profecia não descia de jeito nenhum, mas de jeito nenhum mesmo.

Ao passo que, a mim, me libertava, e eu implorava, ao volante do meu carro, que às onze e vinte e duas o céu escurecesse, depois se tornasse cada vez mais sombrio e ameaçador, devorado pelas trevas, e em breve por um incêndio que flamejaria a Terra como uma tocha. Teria apenas desejado que Théo estivesse junto de mim.

O meu pai surgiu no portão, agitado, alertado pelo barulho do 106, consultou o relógio e me apressou. Nem pensar em tomar um café ou descansar no sofá. Nem pensar em perguntar como se estava (de qualquer forma, isso não conseguíamos). Estendeu-me um dos pares de óculos que tinha arranjado para os três, vindos como brinde de sua assinatura de *Progrès*, e nos obrigou a ficar de pé no terraço, a minha mãe de um lado e eu do outro. Parecíamos personagens pintadas por Edward Hopper, imóveis diante da paisagem, um pouco rígidas e artificiais enquanto esperávamos que o espetáculo começasse. Eu não tinha olhado para o horizonte desde o dia do acidente, atemorizada pela beleza que tinha se tornado inacessível a mim (a minha prima me levou a Giverny em julho, para que eu recobrasse o ânimo, eu tentei apreciar as ninfeias e tudo isso, mas estava ainda em plena negação, via o mundo como que através de uma vidraça, era o início de um longo percurso no qual eu tinha a sensação de viajar sentada ao lado de mim mesma).

Afinal, talvez você estivesse no céu, como tinha dito tia Olivia a Théo no dia do funeral (*O teu papai vai subir ao céu*, Théo teve de engolir frases como essa, enquanto eu escutava murmurarem no meu ouvido: *O que não mata fortalece*), mas eu olhava o céu bem mais do que deveria, e felizmente os meus óculos de papelão me protegiam.

Os vizinhos saíram para a sua horta e acenaram para os meus pais. Um bando de andorinhas mergulhou num voo súbito antes de desaparecer. Um cão ladrou até ganir cada vez mais debilmente. Tudo se tornou silencioso. Tudo estava pesado e inquietante. O calor do terraço recuou e a sombra avançou, senti o calor se transformar em frio, como se o sangue se retirasse das minhas veias e de todo o meu corpo.

Faz vinte anos e tenho de baixar as armas. Abandonar a casa é também deixar você partir.

A natureza que me rodeia vai se transformar em concreto e a paisagem desaparecerá. Como desaparece por vezes o som da sua voz. Depois de uma viagem tão longa.

Depois dessa travessia louca, na qual a sua queda desencadeou todas as formas de cair. Todas as formas de erguer-se novamente. Todas as formas de reencontrar você. Houve tantos sinais, tantas coincidências, tantos encontros secretos. A vida inconfessável. Houve a sensação de que você se fundia em mim. Que eu me tornava ao mesmo tempo homem e mulher.

Houve amigos que construíram um dique, que me ajudaram a pintar a casa. Houve livros que escrevi, palavras como tijolos que eu tive de assentar, apesar de tudo. Houve Théo e a sua inventividade, as suas ideias para ressuscitar você, e depois para nos salvar. E aquele aniversário em que dancei diante dos outros, os meus quarenta anos. Houve as primeiras vezes, a sensação do perigo que se afastava, depois aquela liberdade inesperada, aterradora, que me fazia correr todos os riscos. Houve a vertigem de um novo amor apesar da falta. O desejo e o desgosto misturados, todas essas contradições, a vida como num tambor de máquina de lavar.

Houve a fidelidade e a culpa.
As palavras sonantes.
A vida dupla, que pulsa como uma canção dos Sparks.

Tenho de encaixotar tudo de novo, proteger os seus discos, embalar os instrumentos musicais.
O canto dos pássaros será abafado pelos barulhos de motor. Sempre os carburadores. Os tratores virão arrasar o que ainda estava vivo.

Faz vinte anos e a minha memória tem lapsos. Às vezes acontece de eu perder você, de deixá-lo sair de mim.
Às vezes tenho de me concentrar para reconstituir os seus traços. Nunca teria imaginado tal coisa. Para ter acesso a todos os detalhes. Tenho de convocar uma cena muito específica para captar o seu olhar. Não me refiro aos seus olhos, de que conheço de cor a intensidade do veludo negro, mas ao seu olhar. Tenho de me concentrar e fazer ressurgir o momento que tinha fotografado mentalmente, me lembro de ter me dito nesse instante: *se algum dia.*
Creio que todos fazem esse exercício. Fixar uma imagem. *Se algum dia.*
Você estava agachado no banheiro, procurava um objeto no móvel por baixo da pia, sem dúvida o frasco de gel (cujo cheiro eu adorava) com que domava a espessura dos cabelos, era no apartamento, algumas semanas antes da mudança. Eu tinha entrado e você se assustou. Como se tivesse achado ruim que eu abrisse a porta inesperadamente, e eu fiquei surpreendida por encontrar você ali, de tronco nu, como que desarmado. Você tinha erguido o olhar para mim, a luz atingia suas costas, vinda da janela entreaberta. Você estava muito bonito.
Havia no seu olhar alguma coisa de frágil e comovente. Como se viesse de outro lugar. Você junto ao chão, eu de pé sobre você. E aqueles ombros, aqueles bíceps quase adolescentes. Antes de fechar

de novo a porta, eu tinha balbuciado um início de frase com "perdão" pelo meio, um "perdão" conivente. Um falso pudor que você adotou também. Aquele esboço de sorriso cúmplice. Tinha guardado em mim esse olhar, esse subentendido que dizia muito, ao me afastar pelo corredor.

Tinha conservado também a sua entonação quando você perguntou, *in extremis*: *Tudo bem?*, tinha dito apenas isso: *Tudo bem?*, com aquela voz grave e ligeiramente rouca, como se quisesse ter a certeza de que não restara qualquer sombra.

Eu virei as costas, aconteceu alguma coisa.

Eu estava tranquila.

Livros citados nesta obra:

Psychotic Reactions & Autres Carburateurs Flingués, Lester Bangs, Tristram, 2006; Souple, 2013.

La folie Maternelle: un Paradoxe? de Dominique Guyomard in *La Folie Maternelle Ordinaire*, coordenação de Jacques André e Sylvie Dreyfus--Asséo, PUF, 2006.

Sarinagara, Philippe Forest, Gallimard, 2004; Folio, 2006.

A autora recebeu apoio do Centre National du Livre para a escrita do texto original.

Leia também

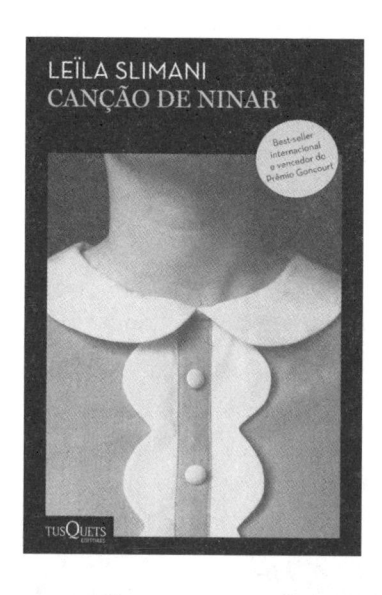

**Acreditamos
nos livros**

Este livro foi composto em Utopia Std
e impresso pela Gráfica Santa Marta para a
Editora Planeta do Brasil em janeiro de 2024.